polar
VERLAG

Friedemann Hahn

Foresta Nera

Kriminalroman

Herausgegeben von Wolfgang Franßen

Polar Verlag

Deutsche Erstausgabe, 1. Auflage 2018

www.polar-verlag .de

Redaktion: Ursula Schötzig, Wolfgang Franßen
Umschlaggestaltung: Robert Neth
Umschlagfoto: Kerstin Petermann
Autorenfoto: © Doris Waldmann-Hahn
Nachwort: Alf Mayer
Satz/Layout: Martina Stolzmann
Gesetzt aus Adobe Garamond PostScript, InDesign
Druck und Bindung: CPI books GmbH, Leck, Deutschland

ISBN: 978-3-945133-61-3

Das Buch widme ich *Lenau* (1968–1979).

Und es ward ausgeworfen der gros Drach,
die alte Schlange, die da heisst der Teufel
und Satanas, der die gantze Welt verfüret,
und ward geworffen auff die Erden
und seine Engel wurden auch da hingeworfen.
Darumb frewet euch ir Himmel, und die
darinnen wohnen, und auf dem Meer.
Denn der Teufel kompt zu euch hinab,
und hat einen grossen zorn, und weis,
das er wenig zeit hat.

Zitat: Die Offenbarung des Johannes, 12

Auf dem Pass

Der Bus war durch das Höllental geschlichen, über Serpentinen und durch Haarnadelkurven. Oben angekommen hielt er an der ersten Haltestelle auf der Passstraße, sie hieß Himmelreich. Nicht weit von der Haltestelle am Ende einer zehn Meter tiefen, geteerten Einbuchtung stand eine kleine Tankstation mit einem Holzschopf, der als Werkstatt diente. Über eine kurze Wegstrecke einen steilen Hügel hinauf, bewachsen mit niedrigen Beerensträuchern, erreichten Wanderer die ersten Baumgruppen, kirchturmhohe Tannen und stämmige, krüpplige Kiefern am Waldrand. Hier begann ein weitläufiges Waldgebiet in tiefer Einsamkeit. Ein enger, holpriger Holzweg führte in das abendliche Zwielicht, den Höllenbach entlang in die Schlucht von Höllsteig. Oberhalb der Schlucht lagen verstreut ein paar einsame Gehöfte, ein Wirtshaus mit Landwirtschaft, Holzhauerhütten und eine Kapelle. Die Einheimischen sagten zu dieser Gegend »Am kalten Bach«.

Der Mann kam mit dem gelben Postauto. Die blau schimmernde Schirmmütze gegen Wind und Regen tief ins Gesicht gezogen, gegen die schneidende Kälte in eine schwere dunkle Ledermontur gehüllt. Er warf sich vor den scharfen Wind und überquerte die Passstraße. Die Absatzeisen und Nägel seiner schwarzen Bergstiefel klirrten auf dem Asphalt, als schlügen sie Funken.

Der Sterling-Silberring an seinem Spazierstock, den er unter seiner linken Achsel geklemmt hielt, blitzte schwach auf im Licht der Reklameschrift der Shell-Tankstelle. Den Jagdrucksack aus grüngrauem Loden warf er zu Boden. Der mittelbraunen, schweinsledernen Aktentasche, die er daneben stellte, entnahm er einen Revolver, steckte ihn in die Jackentasche, ließ den Spazierstock fallen und stieß die Glastür zum Kassenraum der Tankstelle auf.

Die hübsche Frau hinter der Kasse trug ihr blondes Haar zu einem Pferdeschwanz, eine bunte Bluse über einer olivgrünen Arbeitshose aus Armeebeständen. Sie sah den großen Mann verlegen und erstaunt an. Fremde waren sie hier nach der Kapitulation nicht mehr gewohnt. Ehe sie fragen konnte, wie sie behilflich sein könnte, öffnete der Mann mit seiner linken Hand die rechte Knopfreihe der graublauen Lederjacke und zog mit angewinkeltem Arm eine Polizeimarke heraus, die durch eine Kette mit dem 5,5 cm breiten Ledergürtel verbunden war.

»Sie waren hier, als der Mann hinter der Werkstatt erschossen wurde?«

Und als sie gerade antworten wollte, bellte der Fremde: »Und wer war noch hier?«

Die aufgeschlagene Lederjacke gab den Blick frei auf eine schwarze, lederne Latzhose mit graugrünem Besatz. Dazu trug er eine wollene Unterjacke mit Rollkragen.

Die Frau wagte nicht, dem Mann ins Gesicht zu sehen. Sie deutete hinter sich, wo eine schmale Tür zu einem weiteren Raum führte, den man falls einmal nötig zum Übernachten nutzen konnte, der aber eigentlich der Abstellraum für alles Mögliche war.

»Der Karl«, flüsterte sie.

Ein Mann mittleren Alters, der aussah, als sei er gerade vom Traktor gestiegen, erschien in der Tür und rieb sich die ölverschmierten Hände mit einem Lappen.

»Ich war in der Werkstatt und sie«, sagte Karl und deutete auf die junge Frau, »Marie war auch hier. Es war schon dunkel. Ich selbst habe nichts gesehen.«

»War noch jemand hier, damals?«

»Es hat jemand getankt, später. Ich weiß nicht, ob er was gesehen hat.«

»Kennen Sie ihn?«, der fremde Mann hielt noch immer seine Polizeimarke in der Hand. Marie hatte die Marke bisher nicht beachtet, doch jetzt, als sie einen Blick darauf warf, erschrak sie. Die Hand des Fremden war voller wulstiger Narben. Kein schöner Anblick. Sie hatte viel mitgemacht, sie sah gewalttätig aus.

»Kennen sie den, der getankt hat?« Der Fremde wurde ungeduldig.

Marie schüttelte so heftig den Kopf, dass der Pferdeschwanz Karl um die Nase schlug.

»Los«, sagte der Fremde, »wir haben nicht ewig Zeit, los, nach dahinten.«

Mit dem Revolver dirigierte er das ängstliche Paar, sodass Marie einen Schritt nach hinten wankte.

»Los, da rüber und keinen Mucks.«

Er selbst schob sich hinter die Theke und drängte die beiden in die Kammer.

»Keine Sorge«, sagte er, »es geschieht euch nichts.«

Wie aus heiterem Himmel und wie selbstverständlich drehte er eine vollendete Pirouette und noch in der Drehung schoss er dem Mann zweimal ins Gesicht. Das zweite Geschoss riss einen hässlichen Krater.

Marie schrie nicht, sie war wie erfroren. Ihr hübsches Gesicht war wie aus Wachs, starr, ohne Leben.

Der Mann blinzelte ihr zu. »Du bist zu jung zum Sterben, aber du schweigst, Marie! Sonst …« Sein linker Zeigefinger schnitt durch die Luft, und er machte »schschschhh… hhh …« und »sssssssssss…« und blickte Marie tief in die Augen. »Denk immer daran. Wir werden uns wiedersehen, bald, sehr bald. Schade, um den Alten tut es mir leid. Aber es musste sein … Marie«, flüsterte er, »Marie … Marie …«

Wer den Teufel berührt

Als Cremer die Augen aufschlug, wirbelten Schneeflocken durch die Lichtkegel der Scheinwerfer. Er war eingeschlafen. Er hatte noch die Zeit gefunden, den Dienstwagen, einen 1941er VW-Kübelwagen in Wald und Steppen gerechtem Tarnanstrich am Straßenrand ausrollen zu lassen und den Motor abzustellen. Die Scheinwerfer auszustellen, dafür hatte seine Kraft nicht mehr gereicht. Er hatte niemanden, dem er seine Ängste anvertrauen konnte. Wollte er auch nicht. Konnte er auch nicht. Er musste es mit sich ausmachen. Er war verantwortlich für seine Taten. Und seine Qual war seine Qual. Er nahm sie als Buße. Früher kamen die Stimmen nur nachts. Jetzt kamen sie auch tagsüber.

Er sah die zwanzig Kinder vor der Wand knien, mit durchgeschnitten Kehlen und abgehackten Händen, er sah das getrocknete schwarze Blut. Er war für diese Gräueltat nicht verantwortlich, auch für vieles andere nicht.

Cremer war übermüdet. Seit er vor drei Tagen seinen Posten in Kehl verlassen hatte, um im Schwarzwald, nahe dem Feldberg, nach Waffen- und Munitionsdepots einer Organisation zu suchen, die man in Polizeikreisen Boxsport-Süd nannte, war er nicht zur Ruhe gekommen. Hinweise vom französischen und deutschen Zoll legten die Erkenntnis nahe, dass es sich um mehr als eine harmlose Wehrsportgruppe handelte, hier war eine äußerst gefährliche Organisation im Aufbau. Die Wasserschutzpolizei Kehl ging einem begründeten Verdacht auf Waffenschmuggel in großem Stil nach, der bis nach Frankreich hinein und nach Italien und Spanien reichte.

Die Tannen standen hoch. Im Wald lag Schnee und die Äste waren mit einer feinen Eisschicht überzogen. Cremer vermutete im Gebiet des Feldbergs, im Umfeld einer alten SS-Kaserne, ein Ausbildungslager und Depots. Er sollte die Lage sondieren. So lautete sein Befehl: sondieren, nicht eingreifen. Er kurbelte die Vorderfenster herunter.

Nach mehrmaligen Startversuchen sprang der Kübelwagen an. Cremer schaltete vorsichtig in den zweiten Gang und beschleunigte. Er verließ die steile Passstraße und steuerte den Wagen über eine von alten Buchen gesäumte Chaussee. Die Landschaft verlor jede Enge, bis er auf die Gebäude des ehemaligen Gefangenenlagers stieß. Er war Jahre nicht mehr in der Gegend gewesen. Die Hallen wurden jetzt für die Straßenmeisterei und als Garage für Schneeräumgeräte genutzt. Er marschierte los, stieg über Findlinge und zwängte sich durch den Spalt einer Eisentür.

Vom Fenster seines damaligen Gefängnisses aus blickte er auf die Lichtung, die unter einem prächtigen Gewölbe eines sternenklaren Abendhimmels erstrahlte.

Anfang 1946 in einem heißen April hatten die Franzosen ihn, nachdem er sich fast ein Jahr nach Kriegsende frei in der Gegend herumgetrieben hatte, für sieben Tage eingesperrt. Bei Wasser, Brot und Schlägen, bis er sich bereiterklärte, nach Indochina zu gehen. Für sie in der sandfarbenen Uniform des französischen Fremdenlegionärs, auf dem Scheitel das Képi Blanc.

Eine knappe halbe Stunde und zwei Gauloises später kratzten seine Fingernägel über einen Blechdeckel. Er legte die Kiste frei, hielt seine alte schweinslederne Aktentasche in Händen, öffnete die Schließe und fühlte nach Blech und Silber seine alte Waffe. Alles da. So wie er die Tasche damals verschlossen und versteckt hatte. Er fischte den Sterling-Silberring mit den geheimen Runenzeichen aus der Kiste und ließ ihn in der rechten Hosentasche verschwinden. Auch die Pistole nahm er an sich. Den Rest, Orden und Abzeichen, bedeckte er mit Erde und Steinen.

Weit in der Ferne erstrahlte in kurzen Abständen ein Wetterleuchten. Die Schweizer Alpen, wie entflammt erschienen sie ihm. *Meine Ehre heißt Treue.* Er hatte sich des Silberrings nicht würdig erwiesen. Cremer warf weiter Steine und Erde in das Loch. Dann trat er das Grab fest und kam allmählich zu sich.

Meine Ehre heißt Treue. Er konnte es nicht mehr hören. Doch er kam nicht davon los. Er hatte sich nicht würdig gezeigt. Das war nicht mehr zu ändern.

Wieder im Nebel. Cremer irrte umher, hatte keinen Plan, wie er die Sache mit der Wehrsportgruppe angehen sollte. Er hatte seinen alten Freund Rauff informiert. Die regionale Polizei musste mit ins Boot.

Er überquerte die Bahnlinie und schlidderte die lehmige Böschung hinab. Kraftlos, zerschlagen, matt. Bald konnte er die ausgestreckte Hand nicht mehr vor Augen sehen. Er verharrte. Hier war kein Weiterkommen. Er versuchte den Anstieg auf den Gegenhang. Das war nicht einfacher.

Der Nebel zog über ihn hinweg. Gen Osten, zog den Berg hinauf, folgte einem magischen Sog den Bahngleisen hinterher, in einen Tunnel hinein. Cremer kletterte weiter, die Anhöhe fest im Blick. Der Hang war steil. War das Waffenlager in einem Pfeiler des Viadukts verborgen, in einer Sprengkammer? Er selbst hätte das Arsenal in der alten SS-Kaserne eingerichtet, versteckt zwischen Schneepflügen und Räumfahrzeugen.

Er blieb stehen. Er gab auf.

Sollten sich die jungen Füchse darum kümmern. Er war kein Gebirgsjäger.

Wo nur Rauff blieb?

Es hatte geklopft.

»Alles in Ordnung, Herr Kommissar? Kommissar, sind Sie da?«

Cremer öffnete die Tür. Der Wirt und sein Knecht standen im Halbdunkel im Flur. Von unten herauf drang über die Treppe etwas Licht in den Gang vor die Kammer. Der Knecht hielt sich mit beiden Händen am Treppengeländer fest. Der Wirt mit der linken Hand an der Schulter des Knechts.

»Es war so laut. Sie haben geschrien ... gebrüllt wie ein wilder Stier. Wir wussten nicht ...«

»Was? ...« Nach einer Weile sagte Cremer: »... Gehen Sie!«

»Sie müssen entschuldigen, Herr Kommissar, wir dachten, es sei etwas passiert«, sagte der Wirt.

»Es passiert immer etwas. Gehen Sie jetzt.« Die beiden rührten sich nicht von der Stelle. Um endlich seine Ruhe zu haben, drängte Cremer: »So gehen Sie doch. Ich bin dann gleich unten.«

»In der Küche. Wir sind in der Küche.«

Cremer kroch für ein paar Minuten in das zerwühlte Bett zurück. Er zitterte am ganzen Körper.

In der Küche war es dunkel und feucht, als er sie betrat.

»Sagen Sie nicht Kommissar zu mir. Ich bin hier nicht im Dienst.«

Das zu kleine Fenster rechts neben ihm ließ kaum Licht in den Raum. Über ihnen lag die Auffahrt zur Tenne. Die Küche befand sich in einer Art Loch darunter. Die Bauern der Umgebung suchten sich gern die schattigsten Winkel für ihre Küche aus. Weil der Hang neben der Tenne leicht abgegraben war, sammelte sich unter dem Fenster das Wasser, während der Schlamm über die Tenne floss.

»Können wir das Fenster aufmachen? Ich bekomme schlecht Luft.«

»Es zieht sonst«, sagte der Wirt und tat, als würde er frieren. Seine Augen blinzelten gerötet. Ein frisches Gesicht. Eine glatte Haut, ehrlich und gesund.

»Nur einen Augenblick, dann können wir es ja wieder schließen.« Cremer öffnete es.

»Herr Kommissar …?«

»Wasserschutz. Wasserschutzpolizei. Ich bin hier nicht im Dienst. Sagen Sie einfach Herr Cremer zu mir, das ist dann schon recht.«

»Jawohl«, sagte der Knecht recht zackig, mit einem Anflug von Ironie, die Cremer ihm nicht so recht zutraute. Da versuchte einer witzig zu sein.

»Sie sind zur See gefahren, oder?«, der Knecht zwinkerte.

»Sind wir nicht alle zur See gefahren? Und jetzt fahren wir zur Hölle.« Cremer fuhr mit den Fingern über die Tischplatte. Alles war hier aus Holz: Tannenholz, Fichtenholz, Kiefernholz. Der Boden, die Wände, die Decke, die Türen. Wie es sich für einen Hof im Wald gehörte.

Cremer betrachtete die schwarzen Ränder unter den Fingernägeln des Wirts. Er musste im Stall gearbeitet haben, als der Knecht ihn rief. Schrundige Hände. Dann der fruchtig faule Geruch, der von den beiden ausging. Nicht unangenehm, aber nicht frisch, ungewaschen, nicht schmutzig. Milch, Kuhscheiße und Pomade.

»Ich bin nicht weit von hier aufgewachsen, unten am Rhein, nahe der Schweizer Grenze«, sagte Cremer.

»Ah«, machte der Wirt.

Der Knecht machte: »Sooo ...«

»In der letzten Woche ist der Herbstorkan hier durchgezogen«, meinte der Wirt unvermittelt, »das kommt so alle Jahre mal vor. Sonst kommt der Sturm ja gerne im Frühjahr. Wenn's schon warm ist und die kalte Luft vom Polar hereinbricht.«

»Vom Polar?«, wollte Cremer wissen.

»Ja, die Eisstürme vom Norden. Dann explodiert die Luft. Dieses Jahr hat's im Frühjahr keinen Orkan gegeben. Stürme schon, das ist normal, aber keinen Orkan.«

»Bis zu hundertsiebzig Kilometer in der Stunde«, sagte der Knecht, »die Bäume stehen gesplittert und geköpft kreuz und quer. Der Sturm hat eine Schneise in den Wald geschlagen. Den Berg hoch. Mindestens fünfhundert Meter. Es sind welche von den stürzenden Tannen erschlagen worden. In diesem Jahr noch nicht. Sollen noch mehr Unwetter kommen.«

Cremer sagte mehr zu sich: »Die erhabene Pforte.«

Der Wirt und der Knecht wechselten einen Blick. »Wir haben das Schreien nicht mehr ausgehalten«, meinte der Knecht dann und der Wirt rollte mit den Augen.

Cremer fasste sich ans Kinn, kratzte sich. Sicher hatten sie nichts von seinem Gerede im Schlaf verstanden. Der Wirt bestimmt nicht. Er nickte nur stumpf. Auf den Knecht musste Cremer aufpassen, der versteckte sich hinter einer bauernschlauen Idiotenmaske. Einmal schien der eine blöde, ein andermal der andere, dann sahen beide wieder gewitzt aus. Bauern. Cremer wurde aus ihnen nicht schlau.

»Geht es Ihnen denn jetzt besser, Herr Kommissar?«

»Cremer, Cremer bitte, mit einem weichen R und vorne mit C. Es ist weiter nichts. Ich habe schlecht geschlafen, ein dummer Traum, weiter nichts.« Die Anteilnahme, geheuchelt oder echt, war ihm peinlich.

Der Knecht ging zu einem schmalen Schrank neben der Tür, an dem der Feuchtigkeit wegen die dick aufgetragene weiße Farbe aufgeplatzt war und abblätterte. »Dagegen habe ich was. Das hilft gegen alles Böse, böse Träume und böse Taten, bösen Schlaf. Ich denke, Sie könnten einen vertragen, Herr Kommissar.« Er hielt eine klare, weißlich durchsichtige Flasche hoch, sodass sie verführerisch strahlte und in die Küche leuchtete. »Seefahrer vertragen doch was.«

Cremer sah durch die offene Tür den Flur entlang bis zur Außentür. Rechts neben dem Fenster plätscherte Regenwasser aus einem dünnen Rohr in eine Blechwanne im steinernen Spültisch.

Der Knecht schloss das Fenster, kam zum Tisch und stellte die Flasche Cremer hin. In der Linken hielt er drei kurze Wassergläser. »Ich weiß ja nicht, ob Sie so einen mögen? Kirsch, Herr Kommissar. Sie trinken ja sicher sonst englischen Schnaps. Wir hier mögen unseren, der ist scharf und brennt.« Er schenkte großzügig ein.

»Ihr treibt den Teufel mit dem Beelzebub aus?!«

Der Wirt und sein Knecht sahen sich an.

Wer war hier der Knecht? Wer Wirt? Oder war der Knecht gar kein … Sie mussten sie ihn wohl für verrückt oder zumindest für verwirrt halten. Um davon abzulenken, wandte er sich an den Knecht: »Haben wir uns nicht früher einmal gesehen?«

Der Knecht schüttelte den Kopf.

»Vielleicht bei der SS? Der SS-Polizeidivision vielleicht?«

Der Knecht schenkte nach und schüttelte heftig den Kopf.

»Vielleicht als Koch oder Schlachter. Die SS hatte gute Leute in der Küche. Übrigens, der Schnaps ist gut. Kirsch, guter alter Kirsch, brennt alles weg. Macht ihr den selber?« Cremer lachte

»Ja, wenn ich so nachdenke …« Der Knecht tat ehrlich bemüht.

»Egal«, brummte Cremer, »jeder, wie er will. Ja, der ist gut, brennt alles weg.«

Sie tranken und sie schwiegen.

Es verging einige Zeit, bis Cremer noch mal ansetzte, um die Sache abzuschließen: »Ja, der brennt im Bauch. Aber ihr müsst ihn besser brennen, dann ätzt er nicht so.«

Überraschend und wie aus heiterem Himmel warf der Wirt förmlich seine Frage über den Tisch. Cremer war überrascht. Der Knecht zog die Stirn in Falten.

»Sie wissen vielleicht … oder haben Sie …?« Die Frage war ein schwerer Brocken. Der Wirt schluckte einmal, zweimal. Die Frage stieß ihm auf, er schluckte, rülpste, dann sprang die Kröte auf den Tisch. »… Haben Sie von unserem Kunstmaler gehört, Herr Cremer? Er soll Selbstmord gemacht haben.« Der Wirt nahm einen zweiten Anlauf, als Cremer nicht antwortete. »Oder hat man nichts davon gehört, drunten in der Stadt, am Rheinhafen? Er soll sich erschossen haben.«

»Er soll sich erschossen haben«, echote der Knecht. »Wir wollen das nicht glauben.«

»Brennt auf der Zunge und im Bauch«, meinte Cremer und meinte damit alles, den Umtrunk in der fahlen, feuchten Küche, seine Tischgenossen, auch diese Geschichte, die sie ihm gerade auftischten. Ein Selbstmord, hier? Von einem Kunstmaler. Was sollte das jetzt?

»Unten in der Stadt gibt's genug Tote, da kümmert man sich nicht um Leichen im Wald«, sagte der Wirt und leerte das Glas. »Wir hatten uns gedacht, Sie schauen mal nach, weil Sie doch von der Polizei sind. Er hat in der Hütte hinter der Kapelle gewohnt. Er hat dort gemalt und geschlafen. Wenn Sie zum Wald kommen, so einen guten Kilometer hinein, dem Pfad folgen, an der Kapelle vorbei, dann den Hang hinunter bis zur Lichtung, nicht weit von der Alpquelle, wenn Sie von der Wiese aus den Fluss sehen können, sind Sie da. Sie können die Hütte nicht verfehlen.« So viel und so schnell hatte der Wirt bis jetzt noch nicht geredet.

»Der hat sich nicht erschossen«, sagte der Knecht.

»Ich gebe Ihnen den Schlüssel. Es ist abgeschlossen, aber wer weiß, es treibt sich ja viel Gesindel herum. Schauen Sie mal nach, Herr Kommissar, vielleicht finden Sie ja etwas«, sagte der Wirt.

»Liegt er etwa noch dort?«

»Nein, aber seine Sachen sind noch da. Man hat uns die Bilder und Bücher versprochen, weil er so lange keine Miete mehr gezahlt hat. Vielleicht gibt's ja auch sonst noch was, Herr Kommissar.«

»Wie sah er denn aus?«

»Wirr, mit grünen stechenden Augen, roten Haaren und einem roten Bart«, beschrieb ihn der Knecht.

»Also verwirrt.«

»Nein, wirr«, sagte der Knecht.

»Bekam er Besuch? Gab es etwas Ungewöhnliches, außer dass er halt ein Kunstmaler war?« Cremer tat interessierter, als er es tatsächlich war.

»Besuch? Nein. Ungewöhnlich? Er humpelte. Wir dachten, er hat ein Holzbein. Er knickte so ein, wie man das so kennt, wenn einer sein Bein verloren hat.«

»Im Krieg …«, ergänzte der Knecht.

Cremer und fuhr sich über die Stirn.

»Die Polizei hier sagt Selbstmord. Das ist uns zu einfach. Die waren nicht interessiert, nach dem Täter zu suchen … den Fall aufzuklären.«

»Sie sind doch auch bei der Polizei«, sagte der Knecht.

»Binnenschiffer. Wasserschutzpolizei. Und nicht im Dienst. Und was habt ihr gegen Selbstmord? Da geht einer in den Wald und hängt sich auf oder erschießt sich, ein anderer erfriert.« Cremer bediente sich selbst und schlug durch die Luft. »Diese Fliegen, diese Schmeißfliegen, die hier überall im Haus fliegen, das ist doch nicht normal. Wir haben bald Winter. Die müssten alle tot sein.«

»Das ist wegen dem Stall und der Kühe«, meinte der Knecht. »Und wegen dem Mist, wir merken die schon nicht mehr. Winter haben wir aber noch nicht.«

Die Maserung der Dielenbretter schwankte wie ein Kahn auf unruhigen Wellen, so als wäre er gerade aus tiefstem Schlaf aufgeschreckt. Cremer sah vor sich den Holzboden. Wie viel Zeit war vergangen? Hatte er geschlafen? Er zitterte wie ein nasser, verlassener Hund. Als der Knecht in der Küche behauptet hatte, Cremer sei in der Nacht in den Hof hinuntergerannt, um sich in den Brunnentrog zu stürzen, war Cremer entsetzt darüber, dass er sich nicht erinnern konnte. Zwischen den Wassergängen soll er angeblich hinter dem Haus hin- und hergelaufen sein. Sie alle seien bleich vor Schrecken gewesen. Sie hätten gedachten, er beabsichtige, sich zu ertränken. Die ganze Nacht habe er so wild und wütend gerast, dass sie sich nicht getraut hätten, ihn anzusprechen. Erst gegen Morgen, als er im Zimmer wieder zu wüten begann, hatten sie zu klopfen gewagt.

Cremer schleuderte eine leere Flasche Selbstgebrannten in einen Eimer neben der Tür, suchte die Gauloises, fand sie vor dem Bett, bückte sich, fand das Feuerzeug neben dem Schrank und fingerte eine Zigarette aus dem kornblumenblauen Päckchen. Die Packung zerknüllte er anschließend, warf sie in Richtung Eimer und verfehlte sein Ziel knapp.

Vom brennenden Tabak halb betäubt rollte er sich auf die Bettkante. Dass der Maler sich umgebracht hatte, wollte hier offenbar niemand so recht glauben. Tatsächlich sei er vor nicht langer Zeit in die Felder vor Höllsteig gegangen und habe dort seine Staffelei an einem Holzstoß aufgestellt. Die Tochter eines Nachbarn habe gesehen, wie er das Feld und die mit Schnee bedeckten Tannen malte. Wenige Augenblicke später habe sie so etwas wie einen Schuss gehört. Der Maler habe mit den Armen gefuchtelt und wild um sich geschlagen. Sie habe sich nichts weiter dabei gedacht, da er immer über die Krähen klagte, die ihn bei der Arbeit attackierten. Deshalb habe er einen alten Revolver mit sich geführt, um sie zu verjagen. Am nächsten Morgen sei sie zur Hütte hinaufgestiegen, um ihm etwas zu Essen zu bringen, weil sie es alle Tage so hielt. Der Schlüssel habe gesteckt. Sie habe die Hütte betreten und ein Stöhnen gehört. Der Kunstmaler habe auf dem Bett gelegen. Die Pfeife sei ihm auf die Brust gefallen.

Cremer schreckte hoch. Seine Eingeweide brannten wie Feuer. Licht fiel durch das Fenster und warf ein Schattenkreuz auf die Bodenbretter. Seine Lippen, blaugefärbt und spröde, formten Zahlenreihen, merkwürdige Worte, fremdartig und sinnlos. Schweiß tropfte ihm von der Stirn, rann über die nackte Brust, sammelte sich im Nacken und lief an der Wirbelsäule entlang. So hockte er auf der Bettkante, glaubte, ersticken zu müssen, lallte und schrie.

Er stolperte zur Waschschüssel, warf sich eine Hand voll Wasser ins Gesicht, hob dann die Schüssel an und ließ das restliche Wasser über Kopf und Nacken laufen. Wieder dieses Gefühl, ersticken zu müssen. Er zog den einzigen Stuhl, den sie ihm in die Kammer gestellt hatten, unter das Fenster, stützte sich auf die Lehne und hangelte sich nach oben.

Der Hof war von Autoscheinwerfern hell erleuchtet. Ein Wagen so geparkt, dass die Scheinwerfer den hinteren Teil des Wirtshauses, wo auch die Stallungen lagen, in hellstes Licht tauchten. Sein Zimmer lag über dem zementierten Hinterhof. Gespenstische Schattenbilder tanzten über die Wände und verloren sich im Schwarz des Nachthimmels.

Cremer blickte auf das archaische Schauspiel einer Tierschlachtung. Er sprang vom Stuhl, hastete über den schwarzen Flur, stolperte die dunkle Treppe hinunter und durch den Hintereingang hinaus.

Vom Scheinwerferlicht geblendet blieb er abrupt stehen und versuchte, die Augen daran zu gewöhnen.

»Ausgebremste Mörder werden Metzger, oder sie gehen zur Polizei«, sagte Cremer zu sich.

Da wären sie nun alle versammelt. Die edle Mörderbande, und er nahm sich nicht aus. Die Schlachtknechte von einst, die Henkersknechte, die Söldner, die Legionäre. Der Schnaps wurde in Wassergläsern herumgereicht oder directement aus den Flaschen. Sie waren nie zimperlich gewesen.

Engel, genannt Nevada, Hauptkommissar beim Landeskriminalamt, saß auf einem Holzklotz und prostete in die Runde. Rauff, mit dem Cremer im Wirtshaus verabredet gewesen war, und Müller assistierten dem Wirt und dem Knecht, die eine Sau an einem Galgen aufzogen. Sie hatten einen Strick um je einen Hinterlauf gebunden und zogen das arme Tier über einen Balken in die Höhe. Der Knecht knallte dem Tier die stumpfe Seite einer Axt vor die Stirn. Der Wirt stach ihm ein spitzes Messer in den Hals. Drei Finger vor dem Brustbein in Richtung Schwanzwurzel drehte er das Messer in der Stichwunde und zog es mit der Schneide nach oben heraus. Krüger kam mit einem Eimer, um das kräftig aus der Wunde quellende Blut aufzufangen. Mit einem Holzlöffel rührte er die Masse, sie durfte nicht gerinnen.

Es war die Nacht der Boudin.

»Tiens, voilà du boudin, voilá du boudin pour les Alsaciens, les Suisses et les Lorrains, pour les Belges, il n'y en a plus, ce sont des tireurs au cul ... wir werden wohl wissen, wie man untergeht, getreu der Tradition ... la mort qui nous oublie si peu nous, la Légion ... bei unseren Kämpfen in der Ferne, dem Fieber und dem Feuer trotzend ... au Tonkin, la Légion immortelle a Tuyen Quang illustra notre drapeau ... vergessen wir trotz unserer Schmerzen den Tod, der uns selten vergisst, uns, die Legion ... Héros de Camerone et fréres modèles dormez en paix dans vos tombeaux ...«

Cremer kam das Lied so leicht über die Lippen, er hätte es im Schlaf singen können. Deutsche und französische Worte grölten durch die Nacht:

»Da nimm die Blutwurst, die Blutwurst, die Blutwurst, für die Elässer, die Schweizer, die Lothringer, für die Belgier gibt es keine mehr, denn sie sind Drückeberger ... nous oublions avec nos peines la mort qui nous oublie si peu ... Nous la Legion, unsere Alten

wussten zu sterben für den Ruhm der Legion … Nous oublions avec nos peines … La mort qui nous oublie si peu nous, la Legion …«

Rauff und Müller, seines sanften Gemüts wegen nannten sie ihn den Poeten, waren bei der Bereitschaftspolizei Baden-Württemberg, abkommandiert nach Rheinstadt. Krüger, der Meister der Blutwurst, beim Bundesgrenzschutz untergekommen. Ein sehr hohes Tier. Major im BGS. Kurz vor der Beförderung zum kleinen Oberst. Wenn sie sich im Wald bei Höllsteig in ihren alten Mimikry-Kampfanzügen, in voller Montur mit Orden und Abzeichen trafen, war er der Chef, der Oberhäuptling der alten Garde. Vor '45 war er eher ein *tireur au cul*, ein Drückeberger.

Im Moment flatterte Krüger wie ein blinder Wellensittich mit einer bunten Pappschachtel umher und verteilte eifrig deutsches Schwarzwild. Mit einem Kienspan reichte er jedem Feuer, und sie pafften die Stumpen, während der Rauch Signale in den nächtlichen Wald wehte.

»Fehlt nur noch die Wasserschutzpolizei«, tönte Nevada, »los Cremer, komm rüber, wir warten auf die Würste. Du könntest einen vertragen. Trink, Brüderlein, trink. Das Gewissen kannst du nur ersaufen. Nimm dir einen Strick oder die Flasche, du hast die Wahl.«

Cremer nahm die Flasche in beide Hände, die ihm Nevada aufdrängte, und sah in die Runde. Drei Schweine waren aufgezogen und baumelten im Scheinwerferlicht. Drei Schatten schaukelten wie Pendel einer riesigen imaginären Uhr. Drei tote Körper auf der kalten, verschneiten Erde. Cremer verspürte den unerträglichen Druck, der seine Brust umschloss wie ein Schraubstock. Auch Nevada war dabei gewesen. Damals. Was ihnen befohlen wurde, hatten sie ausgeführt. Da gab es kein Wenn und Aber.

Die Tiere bluteten aus.

Polizisten mutierten zu Metzgern, überbrühten sie mit kochendem Wasser und rasierten sie mit kurzen Messern. Ihre Schatten zuckten über den aufgeweichten Boden und über die Hauswand. Es roch nach warmem Blut. Es roch nach Scheiße und nach nassem Dreck. Überall Schlachtabfälle und Unrat. Hätten sie nur den Zwinger ausgeräumt und die Hunde mitgebracht.

Krüger, die Schwuchtel vom Bundesgrenzschutz, stach einer Sau ein langes Messer zwischen Auge und Knochen, drehte es und riss es mit den Fingern heraus. Insgesamt sechsmal, und jedes Mal gab es ein schnalzendes Geräusch, als ließe jemand einen Gummiring schnappen.

Cremer hatte sich vorgenommen, mit ihm ein kameradschaftliches Wort zu wechseln. Er wollte zum BGS wechseln, die Binnenschiffer langweilten ihn. Er brauchte mehr Spannung, mehr Gefahr, sonst würde ihn noch der Cafard holen. Er sah zu Krüger, der sich zwei der Schweinsaugen einverleibte. Roh, noch warm, leckerer als Austern, wenn ihn jemand nach seiner Meinung fragte. Er legte die restlichen Augen sorgfältig auf dem weißen Steingutteller ab, den ihm der Wirt entgegenhielt.

»Cremer, Hans Cremer, ist das eine Freude, wir kennen uns … jajaja, April Fünfundvierzig … ganz hier in der Nähe … Villingen, genau … sie kommen alle wieder zurück … alle, die einmal dabei waren … wurde auch Zeit … Sag, was treibst du hier? … Na ja, wir sprechen uns noch … siehst erschöpft aus … was ist mit deinen Augen? … Du musst mehr schlafen, mein Lieber und denk nicht so viel nach, nicht so viel grübeln … bist durch den Wind, so rastlos … klatsch dir Brillantine auf den Scheitel, was Rouge auf die Backen, und die Welt sieht viel besser aus.«

»Was treibt ihr hier?«

»Wir beschwören unsere Treue mit Schweineblut. Du kennst den Schwur aus alten Zeiten? Schon im Alten Testament.« Und schon lief er wieder einem Eimer mit Blut hinterher. Ein tropfender Holzlöffel steckte im Hosenbund am Gesäß. Wie er jetzt die Tür zur Waschküche erreichte, in Hemdsärmeln, mit roten Flecken an Wangen und am Hals, sah er normal aus. Ohne Uniform wäre er für einen Schlachter aus einem ärmlichen Stadtbezirk durchgegangen. Als prahlerischer Wanst auf kurzen Beinen. Hinter dieser schwermütigen Fassade verbarg sich eine dunkle, dem Blutzoll geweihte Welt. Morituri te salutant. Weiche Schale, harter Kern.

»Menger ist umgelegt worden«, raunte Nevada. Obschon in die Jahre gekommen, war er mit seiner klaren, etwas zu hohen Kinderstimme, einem blassen, hellhäutigen, gut geschnittenen Gesicht, seinen rehbraunen Augen, seinem tiefschwarzen Seidenhaar, das er für einen Polizisten gerne etwas zu lang trug, von der Gestalt eines edlen Ritters aus längst vergangener Zeit. Die Spuren seines wilden Lebens hatten sich an ihm vorbeigemogelt.

»Er ist wie ein Hund abgeknallt worden«, sagte er jetzt. »Regelrecht hingerichtet. Er war einer von uns.« Nevada tat jetzt so, als stünden sie alle, jeder von ihnen, ganz oben auf der Abschussliste, allen voran Krüger mit seinem Schwartenmagengesicht, nur er, er nicht, der unheilig-heilige Nevada. Glaubte er wirklich, er könnte durch Blut waten mit seinen spitzen, schlangenledernen Cowboystiefeln, die Absolution im Rucksack? Nein, jeder würde baumeln. Jeder zu seiner Zeit. Er gab Nevada die Flasche zurück. Gut, dass Nevada große Erinnerungslücken aufwies. Die Flucht von der Krim. Cremers Verhalten, als sie das U-Boot verlassen mussten.

»Alle«, brummte Cremer, »alle sind wir dran.« Er gab sich gelassen, eher unbeteiligt und bemerkte wie nebenbei: »Und wo wurde der Kamerad umgelegt?«

»Keine zehn Kilometer ins Tal runter«, antwortete Nevada, nicht weit von der Passstraße nach Höllsteig, hinter einer Tankstelle. Sie müssen ihm aufgelauert haben.«

»Sie? Hinter der Tankstelle? Und was wollte er hier? Wart ihr verabredet?«

Nevada. Der geborene Verräter, sprunghaft. Salto Mortale. Mal so, mal so.

»Ich hatte nichts weiter mit ihm zu tun. Was er hier wollte? Das kannst du dir doch denken.«

»Ich habe Jahre nichts von Menger gehört.«

»Es gibt Kameraden, die sich neu organisieren – Boxsport-Süd.«

»Vielleicht war's aber auch ein Zufall, zur falschen Zeit am falschen Ort und so weiter. Ich muss ihm keine Träne nachweinen. Wann war es? Ich meine …«

»Vor einer Woche, vermutlich am späten Nachmittag. Du mochtest ihn nie. Er war's jedenfalls nicht selbst, das steht fest«, mischte sich Rauff ein. »Menger hätte sich nie die Kugel gegeben und dann drei Einschüsse? Karl und ich haben die Leiche untersucht. Das war eine Hinrichtung.«

Müller nickte: »Abgeknallt auf die professionelle Art. Perfekt, sauber sozusagen.«

»Gibt es Zeugen?« Cremer sah zu den Wurstmachern hinüber. Die Kessel dampften wie Lokomotiven am Berg, und bis jetzt hatte es außer Schnaps und für Krüger zwei rohe Schweineaugen nichts gegeben.

»Die von der Tankstelle sagen, einer sei aus dem Bus gestiegen. Das müsse unmittelbar vor Mengers Tod gewesen sein.

Dunkler Hut. Dunkler Mantel, ein schwarzgrüner Ledermantel, wie wir ihn früher getragen haben. Im Rückspiegel sei er kurz aufgetaucht, dann war wie vom Erdboden verschluckt. Die von der Tankstelle wollen nichts gehört haben. Keine Schüsse, keine Schreie, nichts.«

Cremer trat einen Schritt auf Rauff zu und tätschelte ihm den linken Oberarm. Unauffällig, sodass es niemand anders bemerkte.

»Du solltest das Hemd wechseln. Bist ja klatschnass.«

»Du meinst …?«

»Klar«, Rauff kniff das rechte Auge zusammen und mischte sich unter die Wurstmacher.

Als der Knecht sich in der Tür zur Wirtsstube zeigte und Zeichen gab, setzte sich die Mannschaft gierig in Richtung Schlachtplatte in Bewegung.

»Wer wird der Nächste sein?«, Krüger machte ein besorgtes Gesicht. »Wenn Menger der Anfang ist …«

»Ich hab was von einem toten Kunstmaler gehört«, sagte Cremer, »der Wirt hat erzählt … vielleicht …«

»Ja, ja«, tat Krüger genervt, »die Bauern lassen nicht locker, fangen immer wieder davon an. Alter einsamer Mann, junges Mädchen. Selbstmord. Das ist alles. Schluss damit.«

Wirt und Knecht trugen die Schlachtplatte auf, dampfende Schüsseln wurden auf dem Tisch verteilt. Metzelsupp, Blut- und Leberwürste, Kesselfleisch, Bratwurst, heißes Sauerkraut und Kartoffelbrei und Kirsch, viel Kirsch, und ein paar Flaschen Bier.

»Tiens, voilà du boudin, voilà du boudin. Pour les Alsacien, les Suisses et les Lorrains. Pour les Belges, il n'y en a plus. Ce sont des tireurs au cul. Unsere Vorfahren wussten zu sterben, für den Ruhm der Legion. Wir wissen, wie wir zu sterben haben, der

Tradition folgend. Im Verlauf unserer Schlachten, weit entfernt Angesichts von Fieber und Beschuss. Vergessen wir, zusammen mit unseren Sorgen, den Tod, der so selten uns vergisst. Pour les Belges, il n'y en a plus. Pour les Belges, il n'y en a plus. Ce sont des tireurs au cul.«

Es roch nach Bier und Tabakrauch, nach Schnaps und saurem Kohl und warmem, fettem Fleisch. In den Viet-Minh-Lagern hatten sie Nevada weichgekocht. Sein Hirn hatten sie gegrillt und den Ratten zum Fraß vorgeworfen. Er verabscheute Blutwürste. Er war Lothringer, also kein Belgier. Würste aus Fett, Blut und Darm fand er eklig. Er schoss mit der zur Pistole geformten Hand auf die Kameraden, die über den Tellern und Schüsseln hingen und nicht genug kriegen konnten.

Er zielte genau … und zum Abschluss blies er über die Finger.

In finsterer Nacht

… nackt kämpfen, mit Wasser schützen, … und er zeigte mir einen Strom lebendigen Wassers, klar wie Kristall, der ausgeht von dem Thron Gottes und des Lamms … auf beiden Seiten des Stromes, mitten aus der Gasse, wächst ein Baum des Lebens … ich bin der Kommandant von Rohlingen, der Anführer eines Haufens von Grobianen ohne militärische Ausbildung … auf beiden Seiten des Stromes … du solltest den Hut vor mir ziehen, fünf lange Jahre einen grausamen Haufen von Rohlingen zusammenzuhalten, weißt du, das ist nicht leicht, das kannst du mir glauben … wir sind nicht unverantwortlich, wir respektieren die Zehn Gebote, meine Männer haben mich respektiert… wenn wir Krieg führen, töten wir den Feind und häuten ihn … man hat ihm in den Rücken geschossen: eingetreten, ausgetreten … ohne Fetische wäre er tot … du solltest eins wissen: … dieser Fetisch setzt alles außer Kraft, wenn wir in den Kampf ziehen … sobald wir einen Schuss hören, werden wir zu wilden Hunden … dieser Fetisch hilft uns zu kämpfen … ist der Krieg zu Ende, sind wir nicht ganz zurechnungsfähig … es kann passieren, dass jemand eine Frau vergewaltigt, er kann sich da nicht zurückhalten, das passiert, weil dich der Fetisch verwandelt … was man auch tut, man wird sehr bösartig. Mädchen wurden vergewaltigt, noch nicht einmal sechs, sie wurden den Armen ihrer Mütter entrissen … sie

wurden auf unvergleichliche Weise vergewaltigt … es ging um Zerstörung, nicht um die Bedürfnisse zu befriedigen … aufgespießt, das heißt, nach dem sexuellen Akt benutzen sie Eisenteile, Eisenstangen oder Holz, die sie in die weiblichen Geschlechtsteile hineinzwängen … von Zeit zu Zeit bin ich mir wie fremd … die Erinnerung ist dein Feind … dein wahrer Feind. Du hast niemanden, dem du deine Ängste anvertrauen kannst … willst du auch nicht … kannst du auch nicht … du musst es mit dir ausmachen … und deine Qual ist deine Qual … ist für dich bestimmt … du nimmst als es Buße … du hast es ja so gewollt … du siehst zwanzig Kinder vor der Wand knien, mit durchgeschnitten Kehlen und abgehackten Händen, du siehst das getrocknete schwarze Blut … an anderen davor wie bei einer Wolfsmeute … alle, die einmal dabei waren und zurückgekehrt sind, haben eine große Angst, eine Todesangst … ja, so ist es … sie haben Todesangst …

Obwohl der fast baumlange Mann gut und kräftig gebaut war, bewegte er sich geschmeidig, leichtfüßig wie ein Tänzer. Er sprang mit einem wuchtigen Satz an Bord. Mit der linken Hand fixierte er einen Filzhut, mit der rechten drückte er einen schwarzen Koffer an die Brust. Der Hut war hellgrau, das Band leuchtend anthrazit. Der lange Ledermantel von dunkelstem Grün.

»Rien ne va plus«, sagte der Matrose in perfektem Französisch. Er lehnte rauchend an der rostigen Bordwand und hatte seinen Spaß, wie der große Mann ins Boot plumpste. Der Stahl war vor Jahren einmal mit Mennige gestrichen worden. Die Zeit hatte nicht viel von dem Lack übriggelassen. Die Barkasse war verrottet.

Der Matrose machte keine Anstalten, dem Mann auf die Beine zu helfen. Er hatte anderes zu tun, auch wenn er nichts zu tun hatte. Er ließ die Zeit verrinnen. Er hatte schon viele große Europäer vor sich liegen gesehen. Sie sind groß und dick, dachte er, doch weiter dachte er nicht in diesem Moment.

Dann sagte er: »Nous n'attendons pas.«

Colmar lag mit verdrehten Beinen auf den Planken und war froh, dass er die Barkasse noch erwischt hatte.

»Wir warten nie«, erklärte der Matrose und grinste frech, »auf niemanden und auf keinen.«

»Auch nicht auf den Kaiser von China?« Colmar stand auf. Mit dem Hut klopfte er den Mantel ab, den Koffer ließ er liegen.

»Der Kaiser von China kommt nicht zu spät«, sagte der Matrose.

Nazi, dachte er jetzt sicher, groß, fett und blond.

»Sie haben Billett?« Der Matrose grinste.

Colmar griff in die rechte Hosentasche, zog ein paar Scheine hervor und hielt sie dem Matrosen unter die Nase. »Reicht das?«

»Ça a l'air bon.«

Colmar bückte sich und griff nach dem Koffer.

Der Liniendampfer von Algier nach Ajaccio legte pünktlich ab. Die Luft war kühl, der Himmel von stählernem Grau. Colmar stand auf dem Achterdeck und wartete auf die Rufe der Besatzung, auf Kommandos des Skippers auf der Brücke, auf das Läuten der Schiffsglocke, auf das Brummen der Maschinen und auf die Schraubengeräusche der anderen Schiffe, der Kähne und Schlepper. Es war gespenstisch still. Wie verschluckt von einem warmen Sog, der das Schiff in die Nacht lockte, glitt der Dampfer in die Dunkelheit. Graue Schaumkronen, durch die Schiffsschrauben aufgewühltes Hafenwasser zog eine wie Blei schillernde Spur. Der modrige Geruch von öliger Brühe wich allmählich, eine frische Meeresbrise kam auf. Die letzten Lichtsignale der Stadt verloren sich. Die Möwen verließen die Fähre, segelten zurück nach Algier, zurück zu den weißen Hügeln der Kasbah.

Colmar warf einen flüchtigen Blick auf die Anlegestelle, auf die Hafengebäude, auf die Lichter der Stadt. Ein wildes Gewirr. Aus der Ferne ein dumpfer Klang wie von Trommeln. Sein blondes Haar leuchtete weißgolden, als er die Strähnen zurückstrich und in den Nacken warf. Colmar glaubte das süße Aroma der Orangen, vermischt mit der Strenge des Salzes, zu atmen.

Die einzige Frau auf dem Dampfer hatte mit großen Augen beobachtet, wie er auf die Planken plumpste, dem Matrosen vor die Füße. Sie besaß Avas eisgrünen Blick, ihre grüngrauen Pupillen. Die Augen, die alles zu wissen schienen. Er hatte sie geliebt, geliebt wie niemanden sonst. Aber sie hatte ihn betrogen. Warum hatte sie das getan? Aus einer Laune heraus? Um ihm was zu beweisen? Dass sie unabhängig war? Frei bei all ihrem Handeln und Tun?

Es gab keine Antwort. Es gab nur seinen Sturz in tiefste Bewusstlosigkeit.

Das war einige Zeit her, doch nach wie vor trieb es ihn um, fraß es in ihm. Die Enttäuschung. Die Wut. Eine Wut auch auf sich selbst. Nach der Niederlage und der Kapitulation ’45 waren die Zeiten härter, als er zu glauben je gewagt hatte. Die französische Fremdenlegion war für einen alten Kämpfer und ewigen Polizisten das Gebot der Stunde. Es gab keine Alternative, keine, die er akzeptieren konnte. Wer nicht den Säuberungen der Franzosen zum Opfer fallen oder in den Hungerlagern auf den Rheinufern an Entkräftung und Ruhr zugrunde gehen wollte, suchte sein Heil im Schwur auf eine neue Fahne. Als der Rekrutierungsoffizier mit dem Zeigefinger auf der Landkarte einen Ortsnamen suchte, sagte er wie aus der Pistole geschossen »Johann Meiers!«, doch das ließ man nicht gelten. Die Legion verlangte eine gefärbte Identität. Sie verlangte eine neue Seele. Der Zeigefinger des Rekrutierungsoffiziers schwebte über dem Elsass und stieß wie ein Stuka-Bomber nieder auf die Stadt Colmar.

Die Luft in der Kabine war stickig. Colmar stand vor dem Waschbecken. Er schüttelte drei der kleinen, weißen Tabletten aus dem Glasröhrchen mit der blauen Schrift auf goldener Folie in die flache Hand, legte sie auf die Zunge wie eine Hostie und spülte mit einem Schluck Brandy nach.

Der heimtückische Beschuss auf ihn mit Granaten und Tränengas hatte sein Leben verändert, ihn grässlich verunstaltet. Colmar sah auf seine Hand. Die Finger tasteten über die Narben auf der Stirn, auf den Schläfen, den Wangen.

»Und?«, hörte er den Korsen fragen. Es war ihr erstes Treffen gewesen. Der Korse saß entspannt, fast gelangweilt schien es, auf einem Thron-ähnlichen Sessel. Die kräftige Gestalt aufrecht. Drei große schwarze Hunde mit zotteligem Fell lagen unbeweglich zu seinen Füßen.

Hinter dem Sessel stand der Mann, der bei Ava in ihrem Salon gewesen war. Er stand da mit unbewegter Miene. Eine Zigarette im rechten Mundwinkel. Mit einem Blick, als seien sie sich nie begegnet. Colmar war für einen Moment wie gelähmt und dann versucht, sich auf ihn zu stürzen. Ihn zu packen und zum Reden zu bringen. Antworten aus ihm herausprügeln. Doch er musste sich beherrschen, er musste ruhig bleiben. Hier ging es um ein Geschäft.

»Und?« Ein verschlagenes Lächeln machte sich im Gesicht des Korsen breit.

Colmar und seine beiden Legionskameraden reagierten nicht gleich. Sie trugen Tarnanzüge, die sie wie Eidechsen aussehen ließen, und braune Leder-Holster, in denen großkalibrige Revolver steckten. Colmar war der Kleinste, aber ebenso muskulös und duchtrainiert wie seine Kameraden. Das schwarze Képi mit rotem Deckel und goldfarbenen Schnüren wies ihn als Offizier aus.

»Was und?«, fragte er schließlich.

»Ihr habt die Ware nicht mitgebracht, was soll das?«, sagte der Korse.

»Für wen hältst du uns?«

»Stimmt der Preis nicht?«

»Wir sind Soldaten«, sagte Colmar. Flankiert von seinen beiden Männern fühlte er sich sicher. Er fixierte den Mann hinter dem Korsen, hielt den Blick auf ihn gerichtet. »Wir kennen euch nicht. Da müssen wir doch sichergehen. Oder?«

Der Korse lächelte.

»Wollt ihr euch nicht erst einmal entspannen? Wir haben alles, was das Herz begehrt.« Er lispelte leicht. »Habt ein bisschen Spaß … kleine Mädchen … junge Buben … das reinigt die Gedanken. Und dann kommen wir zum Geschäft.«

»Wir wollen das Geld sehen. Das ist alles.«

Der Korse wiegte den Kopf. »Morgen?«, sagte er.

»Wann morgen?«

Der Korse winkte den Mann hinter sich näher heran. »Prinz, was sagst du? Ich denke, wir sollten dann auch gleich die Ware übernehmen.«

Colmar zog die Augenbrauen zusammen. Prinz also. Prinz.

Er lag in der engen Koje, zündete sich eine neue Zigarette

an, sah auf seine Stiefel, sah auf den schweren Revolver und schloss die Augen.

Prinz. Er würde ihn finden. Und wenn er dazu noch Jahre brauchte. Er würde ihn zu fassen kriegen und sich rächen. Für alles, was er verloren hatte

Colmar war auf dem Weg nach Paris. In Paris tauchte so manch einer unter, der für den Korsen arbeitete oder gearbeitet hatte. Das wusste er inzwischen. Er war lange nicht mehr in der Stadt an der Seine gewesen, würde sie neu erkunden müssen. Er nannte sich nun Colmar.

Colmar fand keinen Schlaf, dachte jetzt an jene Nacht im Krieg, hörte die Stimmen, sah das Feld.

»Solltest du jemals wieder eine solche Schweinerei anzetteln und mich rufen, werde ich dich über den Haufen schießen … wie einen räudigen Hund.« Der Korvettenkapitän sagte dies so leise, dass nur der Flottillenführer, für den diese Worte bestimmt waren, sie zu vernehmen vermochte. Mit einer Bewegung wie in Zeitlupe, um die Bedeutung seiner Drohung zu unterstreichen, marschierte er mit weit ausholenden Schritten in die Mitte des Fußballfelds. Er trat nicht in der blauen Marineuniform an. Er zeigte sich in der sandbraunen Tropenuniform. Im nördlichsten Norden. An der Küste Nord-Norwegens, im Oktober 1944. Dazu geschwärzte Bergstiefel. Marineblaue Schirmmütze, goldbestickt mit der mittelbreiten Eichenlaubranke für Stabsoffiziere. Am linken Unterarm ein Band mit goldenen gotischen Lettern: *Marine-Küstenpolizei*. Zwischen den Brustorden blitzten silbrige Sigrunen auf. Am linken Ärmel blinkte der stämmige Krimschild. Auf dem rechten Oberarm leuchtete hellgrün und silbern das Edelweißabzeichen der Gebirgsjäger. Darüber der Narvigschild. Darunter das Hoheitsabzeichen der Polizei, ein Adler auf einem ovalen Eichenlaubkranz, 8 cm hoch, handgestickt in Weiß. Das goldgelbe Koppelschloss aus Leichtmetall zeigte einen runden Schild. Auf gekörntem Grund ein auf der Spitze stehendes, erhaben geprägtes Hakenkreuz, umgeben von einem etwa 1 cm breiten, kreisförmigen Rand. Darin in der oberen Hälfte die Inschrift *Gott mit uns* in gotischen Buchstaben und unten in der Mitte gebundene Eichenlaubverzierungen. Am Hals trug er den allerschönsten Orden der Welt: das von Karl Friedrich Schinkel entworfene *Eiserne Kreuz.*

Zu seiner Seite standen sechs Marinepolizisten, angeführt von einem jungen Leutnant der Feldgendarmerie. Die Henkersknechte trugen marineblaue Uniform mit dem silbern schimmernden Ringkragen der Marineküstenpolizei. Der Feldgendarmerie-Leutnant zeigte sich in einer Kampfbluse in Sumpfmuster mit verschwommenen Farbübergängen. Dazu eine schwarze Reithose mit grauem Lederbesatz und blank gewichsten Schaftstiefeln. In seiner Rechten hielt er die entsicherte P 08.

Nichts bewegte sich, kein Laut, als stünde die Erde still. Nur der Flügelschlag der schwarzen Engel drohte.

Freund, hörst du den schwarzen Schwarm der Raben? … über der Ebene? … Freund, hörst du den dumpfen Schrei der Heimat? … in ihren Ketten? …

Der Korvettenkapitän wandte sich zur Richtbühne. Von einem etwa fünf Meter langen und zweieinhalb Meter hohen Holzgerüst schwebten drei Schlingen aus einem hellweiß aufscheinendem Seil. Hinter der primitiven Bühne hatten sich dreimal zwei Marinepolizisten mit jeweils einem Verurteilten aufgestellt, den sie an den Oberarmen festhielten.

Der Leutnant der Feldgendarmerie ging in einem Abstand von etwa fünf Metern vor der Bühne auf und ab. Mit kurzen

Schritten. Er schien nervös zu sein. Der weiß gestrichene Stahlhelm klemmte unter dem linken Oberarm. Die P 08 schlug er rhythmisch gegen die Reithose.

»Nur, wenn das sauber erledigt wird, können wir ein zweites 1918 verhindern. Der Kieler Matrosenaufstand hat Stolz und Ehre des gesamten Reichs besudelt«, begründete der Flottillenführer das Urteil.

»Und Befehle werden nicht zurückgenommen«, sagte der Korvettenkapitän.

Sein Adjutant bezog vor dem Richtaltar Stellung. Um die rechte Schulter schlang sich die goldene Fangschnur. Nichts entging ihm.

Der Flottillenführer ergriff den Säbel, um die blutrote Reichskriegsflagge symbolisch zu zerschneiden.

Die vier auf circa sechs Meter hohe Stahlmasten montierten Bordscheinwerfer bestrahlten mit geradezu feindseligem Licht das Fußballfeld. Der Korvettenkapitän hob den rechten Arm, ballte die Faust als Zeichen für den Gendarmerie-Leutnant zum Gladiatorengruß. Mit den Stabsfeldwebeln nahm der am unteren Ende des Feldes Aufstellung.

Die großdeutsche Reichskriegsflagge. Blank gezogene Marinesäbel mit dem mattsilbernen Portepee. Schwarz lackierte Stahlhelm 35 mit Reichswappen und Hoheitsabzeichen. Eng dahinter eine Bootslaterne aus grüngelbem Messing.

Als handle es sich um ein Ritual, zog der Korvettenkapitän einen Handschuh aus und klemmte ihn unter den Gürtel. »Befehle sind auszuführen«, rief er und schaute hinüber zum Galgen. Ohne Wenn und Aber. Sie würden die Sache wie einen Gottesdienst durchziehen. Er spürte die Angst, die in den Verurteilten raste. Er spürte ihr Zittern, spürte ihren Schweiß auf seiner Haut. Das Frieren, das Zittern, den Todesgeruch.

Aus dem nahen Kiefernwäldchen zog Schnee herauf. Er waberte über die Richtstätte, brach die Lichtarme der Bordscheinwerfer. Die angetretenen U-Boot-Besatzungen wurden unruhig. Ein letztes Mal reckte der Korvettenkapitän die Rechte.

Nachdem sie wie hypnotisiert von den übernatürlich strahlenden Schlingen zwischen ihren Bewachern verharrten hatten, brachen die Verurteilten auf einmal aus. Mit auf den Rücken gebundenen Händen stolperten sie übers Fußballfeld und versuchten, das nahe Kiefernwäldchen zu erreichen. Ein Raunen ging durch die Reihen der angetretenen Matrosen. Der Leutnant der Feldgendarmerie setzte den Flüchtenden nach, zog seine Pistole und ließ die P 08 sprechen. Die Flüchtenden brachen zusammen. Einer robbte weiter. Ein letzter verzweifelter Versuch, blieb dann liegen. Wie tot. Die sechs Kettenhunde zerren die armen Teufel, die noch einen Rest Leben in sich trugen, zurück zum Galgen. Unter die Schlingen.

Der Adjutant verharrte wie versteinert. Auch der Korvettenkapitän am Anstoßkreis war für einen Moment regungslos. Dann hastete er zum Galgen, zog im Laufen den Revolver und schoss den Verurteilten zweimal in den Kopf. Sie zuckten einen letzten traurigen Tanz.

Der Leutnant der Feldgendarmerie hatte dem Dritten, der bewegungslos vor dem Kiefernwäldchen liegen geblieben war, den Lauf seines Le Mat hinter das rechte Ohr gesetzt und abgedrückt.

»Dies für dich …«

»Wenigstens dem Galgen entkommen«, rief der Korvettenkapitän, »den Coup-de-Grace für die armen Teufel. Löscht die beschissenen Scheinwerfer«, schrie er in die Nacht. Die dunkelblaue Schirmmütze war ihm in den Nacken gerutscht.

Er rückte sie mit der linken Hand zurecht. Sein Haar leuchtete wie schmutziges Silber und fiel ihm in die Stirn. Wie gewohnt warf er es mit einer unwirschen Kopfbewegung zurück.

Der Adjutant riss das Sturmgewehr 44, Kaliber 7,92 mm, hoch und blies mit kurzen Feuerstößen die Scheinwerfer aus. Mit dem Kolben zerschlug er die Laterne auf dem Richtertisch.

Die Nacht war stockdunkel. Selbst der Mond hatte sich verzogen.

Und der Korvettenkapitän spürte den Flügelschlag.

Die schwarzen Engel sahen alles.

Colmar wälzte sich auf seinem Bett in der Koje. Er wollte vergessen, stattdessen murmelte er: »Freund, hörst du den schwarzen Schwarm der Raben über der Ebene? … Freund, hörst du den dumpfen Schrei der Heimat in ihren Ketten? … Morgen schon wird die große Sonne das schwarze Blut trocknen auf den Straßen … Wir zersprengen die Gitter der Gefängnisse unserer Brüder … Hass auf unseren Fersen und Hunger, der uns ins Elend treibt … es gibt Länder, da liegen die Menschen tief in den Betten ihrer Träume … hier, ihr seht es, marschieren wir, und sie töten uns, und wir sterben … singt, Kameraden, singt und hört uns in der Nacht der Freiheit … Freund, hörst du den dumpfen Schrei der Heimat in ihren Ketten? … Freund, hörst du den schwarzen Schwarm der Raben über der Ebene? … Oh oh oh oh oh oh oh oh oh oh oh oh oh oh oh …«

Er sehnte sich zurück. In Zeiten, in denen die Kameradschaft noch etwas bedeutet hatte.

Prinz saß hoch über dem Rhein-Marne-Kanal mit Blick auf das Münster von Straßburg, vor sich ein zur Hälfte geleertes Glas Pastis. Seine Hände zitterten, griffen danach. Die letzten warmen Sonnenstrahlen eines untergehenden Tages erleuchteten das Rheintal. Prinz war von hagerer, hoch aufgeschossener Statur, mit einer scharfen Nase, die, wie ein Schnabel, in einem ovalen, langgezogenen Gesicht prangte. Wie ein Raubvogel, so beschrieben ihn die, die ihn fürchteten. Er sagte es selbst von sich, und er fand es gut so. Er gönnte sich einen letzten Schluck. Im Aufstehen überblickte er das neue Bett des Rheins, schnurgerade und mit Beton befestigt, so weit das Auge reichte. Fast bis nach Rheinstadt hinüber und bis ins Dreiländereck.

Prinz rückte den schwarz glänzenden Sturzhelm mit der Sturmbrille zurecht, strich die lammledernen Fliegerhandschuhe über den knöchernen Händen glatt und schwang sich auf sein Motorrad.

Er verließ Straßburg über die Neue Rheinbrücke, die jetzt Europabrücke hieß, und fuhr durch den Kaiserstuhl nach Rheinstadt. Es dämmerte bereits. Der Pulverweg führte unter den Gleisen des Güterbahnhofs hindurch. Immer wieder drehte er sich um, versicherte sich, dass ihm niemand folgte. Seit Tagen schon hatte er das Gefühl, beobachtet zu werden. Am anderen Ende der Unterführung tauchten die gelblichen Scheinwerfer eines Wagens auf.

Dann verloschen sie. Ein alter Peugeot 404 stoppte bei laufendem Motor, in fast völliger Dunkelheit. Ein Schuss bellte auf. Prinz verlor die Kontrolle über seine schwere Brough, kippte mit der Maschine um.

Er hörte, dass der Wagen wendete und davonfuhr.

Colmar. Das konnte nur Colmar gewesen sein. Aber er hatte

nicht gut gezielt. War das Absicht gewesen? Oder nur eine Warnung: Ich hab' dich im Visier, ich weiß, wo du steckst.

Dieser Hund! Dieser tollwütige Höllenhund! Er gab nicht auf.

Mühsam stemmte Prinz sich hoch. Er erbrach Blut. Hellrot quoll es durch die Finger der vorgehaltenen Hand. Er glaubte in der niedrigen Unterführung ersticken zu müssen. Ein nicht enden wollender Güterzug donnerte über ihn hinweg.

In der nächstgelegenen Bar bestellte er einen Brandy, ging zur Toilette und zog aus der Jackentasche das silberne Etui mit der Spritze hervor. Als das süße Gift sich brennend in ihm ausbreitete, schloss er die Augen. Er sah Colmar Avas Salon betreten. Sah Ava in ihrem hauchdünnen Kimono. Hörte Colmars drängende Fragen, heftig hervorgebracht. Und Ava begann zu reden, zu reden. Das durfte sie nicht. Prinz riss die Augen wieder auf. Er ballte die Hand und schlug mit aller Kraft auf den Spiegel. Er zerbrach.

Au bord du Rhin

Das Unternehmen Gudrun war ein voller Erfolg, es läutete das bittere Ende eines eher gemütlichen Krieges ein. Butter, Kaffee, Zigaretten brachten den Schmuggelbanden und ihren Hintermännern viel Geld. Es brachte Macht. Die Gier wuchs. Die ersten Anzeichen eines neuen Zeitalters waren schon zu erkennen und wucherten wie ein explodierendes Krebsgeschwür. Morphin hieß das neue Zauberwort und brachte das große Geld. Menschenhandel und die damit verbundenen Grausamkeiten ebenso.

Krüger schlürfte den Morgenkaffee und tunkte einen dick mit Butter beschmierten Gipfel ein. Zollgrenzdienst und die regionalen Polizeireviere vermochten der Aufgabe nicht gerecht zu werden. Entscheidend war, dass der Bundesinnenminister dem Oberstleutnant i. BGS Krüger die Leitung des Führungsstabes des zwei Wochen dauernden Einsatzes übertragen hatte. Am Ende der zweiten Woche wurde Krüger zum regulären Oberst i. BGS ernannt, selbstverständlich rückwirkend zum Jahresanfang. Er nahm noch einen kräftigen Schluck von dem Milchkaffee, auf dem mindestens neun Butterfettaugen schwammen, und spülte den letzten Zipfel seines Gipfels hinunter. Nach Einsatzende hatte der Bundesinnenminister Bilanz gezogen:

Im Zusammenwirken mit dem Zollgrenzdienst wurde im Einsatzraum Dreiländereck nachstehendes Ergebnis erzielt:

Anzahl der aufgegriffenen Schmuggler 631, davon wurden zur Anzeige gebracht 478. Beschlagnahmt wurden u. a. 16 Kraftfahrzeuge, ca. 260 Zentner Kaffee sowie erhebliche Mengen an Tabakwaren, Stoffen, Bargeld und Schmuck mit einem Gesamtwert von DM 5.884,36 einschließlich der hinterzogenen Abgaben. Dieser Einsatz konnte nur durch die selbstlose Hingabe und Einsatzfreudigkeit jedes Einzelnen …

Eigentlich wäre das Bundesverdienstkreuz fällig gewesen. Jetzt begannen raue Zeiten. Der Erfolg hatte ein Vakuum in übersichtliche Verhältnisse gesprengt, in das fremdländische Gangsterbanden eindrangen. Das hieß Bandenkriege, der korsische Mob und andere etablierten sich. Bedrohung, Erpressung. Mord und Totschlag, Korruption, bezahlte Liquidierungen. Marseiller Verhältnisse. Wenn er das nicht in den Griff bekam, war es bald aus mit dem Dornröschenschlaf im deutschen Süd-Westen. Dornröschenschlaf perdu!

Krüger schritt um den eichenen Schreibtisch herum, steuerte das spärlich bestückte Bücherregal an und griff hinter den dicken Brockhaus. Echter französischer Weinbrand, feine Duftnote. Schmuggelware. Was sonst? Er schenkte sich einen kräftigen Schluck ein.

»Französischer Weinbrand«, brummte er, »voulez-vous un apperitif?« Er ging davon aus, dass er das Gespräch besser nicht beginnen könnte. Ein Gespräch auf Augenhöhe.

»Lassen wir es bitte beim Deutsch, das führt zu weniger Missverständnissen«, sagte der französichen Gendarmerie-Kommandant Proust. »Ich habe mit der deutschen Sprache keine Probleme.«

Pas de problème, schoss es Krüger durch den Kopf, für was hatte er eigentlich die wenigen Worte Französisch auswendig gelernt? »Alors …«, sagte er.

»Wie gesagt: keine Missverständnisse, keine Probleme … davon habt ihr doch schon reichlich …«

Das war jetzt nicht sehr nett, wie es anfing, als ob Proust persönlich die Nazis besiegt hätte. Ein Mitläufer mit Bügelfalte.

»Ich hatte Ihnen schon am Telefon berichtet, Mon Commandant, dass wir auf deutscher, das heißt eigentlich auf badischer, alemannischer Seite in verschiedensten Fällen von Tötungsdelikten mit unseren Ermittlungen nicht recht vorankommen.« Vielleicht etwas umständlich ausgedrückt, dachte er. Der Franzose liebte ja das große Wort allemal, dann würde es schon recht sein.

»Wir können offen reden«, schlug Proust vor.

Die Moral war auf den Hund gekommen. Die Politik bis ins Mark verdorben. Aus regionalen Schwarzmärkten hatte sich ein Schlaraffenland des Verbrechens entwickelt. Frankreich schwemmte seinen Abschaum ans deutsche Ufer. Glücksspiel und Prostitution blühten, die Gewinne wurden in der nahen Schweiz angelegt. In diesem Land aus Mist, Unrat und Jauche, diesem Sumpf der Korruption und Gier war der Bundesgrenzschutz-Süd, wenn man mal von einigen, wenigen moralischen Verfehlungen absah, durchaus anständig geblieben. Sie waren deutsch geblieben. Zum großen Teil wenigstens, da war sich Krüger sicher, es lag in der Natur des süddeutschen Menschenschlags, selbst in der dunkelsten Mordnacht ein reines Gewissen zu bewahren. Mit Anstand strafen, mit reinster Seele richten, töten, ohne schwach zu werden.

Über dem Rhein ging die Sonne unter. Ja, so war das eben, über dem Schwarzwald ging die Sonne auf. Das Elsass, zum Greifen nah, war das Land der untergehenden Sonne.

»Das Problem ist ein deutsches«, begann Proust, »besser gesagt: euer Nazi-Problem. Ihr seid nicht weiter als Dreiunddreißig, oder Neununddreißig, oder Fünfundvierzig... aber wir haben Zweiundsechzig. Ihr habt noch nicht kapiert, dass nicht wir euch die Hände und Köpfe abhacken, das tut ihr von ganz allein ... und von selbst. Comprends?«

»Wenn wir könnten, wie wir wollten ...«

»Sie kennen das Besatzungsstatut und ganz unter uns: Wir legen es aus, wie wir es auslegen. Sie verstehen?«

»Deswegen wende ich mich doch an Sie, Mon Commandant, damit wir uns absprechen, beziehungsweise kooperieren. Was das Besatzungsstatut anlangt hat sich ja einiges geändert seit Einundfünfzig.«

»Geändert? Namen, Bezeichnungen vielleicht. In der Sache nichts.«

»Wir sprechen jetzt von Stationierung.«

»Was nichts ändert. Ob FFA, Forces Francaises en Allemagne oder Besatzung, das bleibt sich gleich. Wie sagt ihr Boche so schön? Namen sind Schall und Rauch.«

»Befassen wir uns doch bitte nicht mit solchen Spitzfindigkeiten.«

»Spitzfindigkeiten? Die Welt ist komplizierter, als Sie denken.«

Wie hatte Cremer gesungen, bei ihrem Treffen, ihrem Gelage, feucht und fröhlich:

De la bataille, de la bataille, Légionnaires nous ne reviendrons pas, Là-bas les ennemis t'attendent, Sois fier, nous allons au combat! Le soleil brille, préparez-vous. Et qui sait si demain pour nous autres il luira. Déjà les moteurs tournent. Vite, équipez-vous! Nous volons, nous volons. Aujourd'hui vers l'ennemi!

Jetzt erschien es Krüger so, als sänge Cremer weit besser französisch als deutsch. Zu lang in Gefangenschaft gewesen. Das prägte. Und heute, dachte Krüger, schlürfte selbst er französischen Weinbrand und würde wohl bald so singen wie ein Froschfresser. Die ersten Anzeichen paranoiden Elends mussten ausgemerzt werden. Mit Stumpf und Stiel sozusagen. Totenkopf-Tätowierungen waren nicht mehr zeitgemäß, auch ein Herz Jesu nicht. Merkwürdigerweise fröstelte Krüger, dann schwitzte er wieder … der Kreislauf war durcheinander. Also schnell noch einen Schluck.

»Sollten wir nicht zum Kern unseres Treffens kommen? Sie hatten mich gebeten …«

»Wir kommen ohne Ermittlungen auf der anderen, der französischen Rheinseite nicht weiter«, unterbrach Krüger ihn.

»Und die Schweiz?«

»Da können wir uns ungehindert bewegen. Nicht offiziell. Ich will mal sagen: mais pas de problème! sozusagen.«

Geheimes Land. Geheimes Süddeutschland. Krügers geheimes Ideal war die Kavallerie. Der Sprung durch die Zeit: angreifen und besiegen. Germanisch sozusagen. Wodurch unterschieden sich SS-Divisionen von Heeres-Divisionen? Sie hatten die bessere Ausrüstung, aber keine Divisions-Geistlichen.

Er rieb sich das Kinn, die Wangen und den Hals. Er rieb sich über die nervöse Haut. Pickel? Wenige, nur kleine. Unschön, unrein. Mit dem Schweinefleisch musste er sich zurückhalten, mehr Hühnchen oder Bachforelle, Krebse, feuerrot gebrühte, kleine süße Krebse. Nix da mehr mit Würsten und Därmen. Zuerst kam es zu Pickeln am Arsch, dann am Kinn und den Wangen. Es sah einfach scheiße aus.

Krüger war klar, eine Allianz musste geschmiedet werden. Leider ließ es sich nicht vermeiden. Auch wenn er ein Freund von Alleingängen war, ohne Verbündete auf französischer Seite würde er im deutschen Dschungel stecken bleiben.

Pas de carrière!

»Sie leben nicht mit der Zeit«, sagte Proust. »Die Zeit hat sich verändert. Dagegen ist die Kommunistenhatz rein gar nichts.«

»Ich spreche von Morden, von Vergewaltigungen, Entführungen. Ein junges Mädchen wird buchstäblich hingerichtet. Wir vermuten, dass die Täter … Ich denke an eine französische Bande … ja, Mon Commandant, ich möchte da nichts unterstellen … will Ihnen nicht zu nahetreten, aber es spricht einiges dafür, dass diese Bande hier im Grenzgebiet operiert. Immer wenn es heiß wird, galoppieren sie über den Rhein und entziehen sich unserer Zuständigkeit. Sie müssten eine Idee haben, welche politische … ich meine, auch wirtschaftliche Kraft dahintersteckt. Was meinen Sie? Marseille? Der korsische Mob, die Zigeuner zeigten noch nie Hemmungen. Verbünden sich mal mit den Kommunisten, mal mit der Regierungspartei und diversen Geheimdiensten. Sie haben ja Hunderte an der Zahl in Frankreich. Was meinen Sie, Mon Commandant?«

»Wie gesagt …«

»Vielleicht doch einen Aperitif?«

»Vielleicht ein Wasser. Sie verstehen: Dreißigjähriger Krieg, der Frieden von Münster. Die Grenzen wurden doch dauernd verschoben.«

Ein Schwätzer, elender Franzose. Krüger setzte sich auf die Schreibtischkante, nahm den Telefonhörer, wählte die 09 vor und sagte sehr ruhig: »Fritz, oder Franz, oder wer auch immer: antreten! Selters und ein sauberes Glas.« Er lächelte Commandant Proust trotzig ins Gesicht. Nach ein paar Minuten erschien eine subalterne Figur in grüner Uniform, stellte Flasche und Glas auf den Schreibtisch und trat unauffällig ab.

Krüger trommelte den Badenweiler Marsch auf den rabenschwarzen Telefonhörer. Sein ausgesprochen liebstes Musikstück. Taktaktak ... tak ... taktak. Er öffnete den Schnappverschluss der Sprudelflasche, schenkte das Glas nahezu randvoll ein und reichte mit einer leicht übertrieben wirkenden, ehrerbietigen Bewegung dem französischen Kommandanten die Erfrischung.

Was war das für ein Soldat? Dien Bien Phu, Phu-Tong-Hoa, Ninh-Phuoc, An-Hoa, Dong-Khe? Und kein Stäubchen am Jackett.

»Ich spreche von Monstern«, fuhr Proust fort, »die auf Ihrem Fleckchen Erde an die zweihundertfünfzig Menschen umgebracht haben. Gut getarnte Monster. Uniformierten Mordmaschinen, Nazis, die sich bestens untereinander organisieren.«

»Zweihundertfünfzig?« Krüger tat höchst erstaunt, »Wir? Das kann ich nicht glauben, wir sind nicht so barbarisch. Wir können ja nicht mal einen Krieg gewinnen.«

»Bei den Hungermärschen im Schwarzwald. Zweihundertfünfzig ist nicht zu hoch gegriffen. Erschlagen, verscharrt. Wir sind informiert. Sie waren doch auf der Krim, egal in welcher Position. Sie kennen diese Leute doch.«

»Mon Commandant, reden wir über heute, über morgen, der Nazi-Kram interessiert nicht mehr.«

»Wie Sie das so sehen wollen.« Schwätzer, sagte sich Krüger noch einmal. Nerviger Schwätzer. »Ich verrate Ihnen etwas, das für Sie von Interesse sein sollte, und Sie kommen mir etwas entgegen«, schlug Proust vor. »Eine Hand wäscht die andere. Seien Sie uns behilflich, dann helfen wir Ihnen.« Der Franzose hob die Hand. »Einer von ihnen, ein Polizeioffizier und Wehrmachtsangehöriger, den wir wegen verschiedener Vergehen suchen, soll erschossen worden sein. Die Leiche wurde allerdings nie gefunden. Eine Quelle behauptet, dieser Polizeioffizier sei schon vor Jahren ums Leben gekommen. Eine andere Quelle will ihn in Marseille gesehen haben.«

»Wer? Ich brauche einen Namen.«

»Ich glaube das alles nicht. Ich bevorzuge eine andere Version. Der Polizeioffizier hielt sich eine Zeit lang unter dem Alias-Namen Jeanpierre im Département Haute-Jura am Oberlauf des Doubs auf. Sagen wir mal in La Source de Doubs. In einer alten Mühle, nicht weit von St. Hippolyte, wo einst das Grabtuch Christi verwahrt wurde. Mal war er da, mal war er nicht da. Gleich nach der Kapitulation nistete er sich dort ein. Wir wissen es nicht genau, was er dort trieb. Ich verrate Ihnen wohl kein Geheimnis, wenn ich sage, wir wollen es nicht genau wissen. Er ist oder war ein Geheimer. Irgendwann verließ er die Wassermühle, um sich anderen Aufgaben zu widmen. Wir wissen nicht was, nicht wo, nicht wann, nichts Genaues. Unsere Überlegungen stützen sich auf mehr als nur bloße Vermutungen. Aber er arbeitet nicht nur für einen Dienst.«

»Sie kannten ihn?«

»Vom Hörensagen. In Marseille bin ich ihm einmal begegnet. Man kommt so weit herum. Man weiß gar nicht mehr, wo man alles war und wen man getroffen hat … Wir sind an Nazisoldaten interessiert, die in Ihren Reihen untergekommen sind.«

»Bei uns?«, Krüger tat erstaunt, »das kann nicht sein.«

»Bien sûr. Es sind auch ehemalige Fremdenlegionäre darunter. Wir waren nach dem Krieg nicht gerade wählerisch.«

»Wollen Sie sie zur Verantwortung ziehen?«

»Nicht unbedingt. Wir sind erst einmal an Namen interessiert und an Verbindungen, verstehen Sie?« Proust griff nach dem blauschwarzen Képi mit der schiefergrauen Borte und dem Vierpassknoten. Er schlug die Lederhandschuhe gegen die 5 cm breiten Offiziersstreifen seiner Hose. Der Ausdruck seines Gesichts prägte höfliche Verachtung. Glasklare Überheblichkeit. Die Mundwinkel herabgezogen.

»Was mir noch auf der Zunge brennt«, der französische Offizier leckte sich die Lippen, »warum kümmert sich der Grenzschutz um die Angelegenheit mit diesen toten Mädchen?«

»Tote Mädchen?«, fiel ihm Krüger ins Wort, »tote Mädchen, ich denke, es ist eines? Außerdem ist die Aufklärung Sache der Wasserschutzpolizei.«

»Es sind zwei, soviel wir wissen, bis jetzt.«

»Da wissen Sie mehr als wir«, Krüger wurde unsicher.

»Diese toten Mädchen«, fuhr Proust fort, »und so weiter, und so weiter. Sie haben eine Kriminalpolizei, ein gut ausgebildetes Landeskriminalamt, oder etwa nicht?«

»Wir sind die Polizei des Bundes. Das ist ein länderübergreifendes Problem. Ein staatenübergreifendes. Und da sind wir mitten in meinem Dilemma. An der Grenze, in unserem Fall am Rhein, hören meine Befugnisse auf.«

»Ich meine, wer steckt dahinter? Biague?«

»Biague?« Krüger war ein guter Schauspieler, aber ob ihm die Maskerade dieses Mal gelang? Er war sich nicht sicher. »Biague …?«

»Offiziell vermuten wir kommunistische Kräfte, ehemalige Angehörige der Résistance, dahinter, ich persönlich denke, es war ein Ablenkungsmanöver der OAS.«

»Die OAS?«, Krüger tat erstaunt, »die auf de Gaulle das Attentat geplant haben?«

»OAS, Organisation de l'Armée secrète, sie haben sich in Baden-Baden festgesetzt, genauer gesagt, in der Lichtentaler Straße 13 ihr Hauptquartier aufgeschlagen. Sie verbinden sich gerade mit dem Marseiller Mob und der korsischen Mafia in Straßburg. Das sind keine Politischen, das sind gewöhnliche Kriminelle. Alles schwappt jetzt rüber nach Allemagne, Sie werden sehen.«

Womit alles gesagt war. Proust ließ die Tür offenstehen, als er ging.

Krüger trat an das Panoramafenster und setzte sich auf die Fensterbank. Er sah sein über Jahre gesponnenes Netz zerreißen. Was hatte Proust damit gemeint, dass verborgene Kräfte des alten Frankreich sich im süddeutschen Grenzland rüsteten? Eine Fünfte Kolonne in seinem Revier? Es wäre nicht auszuschließen, dass diese Armée secrète mit deutschen Geheimbünden kooperierte. Krüger hatte einen Namen fallen lassen: Biague. Nichts als einen Namen, mehr wusste er nicht Bis heute war er Biague noch nicht über den Weg gelaufen. Ein ehemaliger Colonel des französischen Militärgeheimdienstes. Er hatte sich im Schwarzwald ins Exil begeben, um in aller Ruhe ein Attentat auf den Staatspräsidenten zu planen, wie Proust behauptete. Bei einem Besuch in Baden-Baden wollte er zusammen mit OAS-Kameraden den Wagen de Gaulles mit einer Wehrmachts-Panzerfaust in die Luft sprengen. Es sollte wie ein Anschlag alter Nazis aussehen. Wollte der Franzose ihn etwa prüfen? Wollte er ihn hereinlegen? Was hatte Proust ihm schon an polizeilich verwertbaren Informationen mitgeteilt? Nichts, nichts außer einer Anzahl von Namen, Geschichten, Histörchen, Mutmaßungen, nichts, womit der BGS etwas anfangen konnte. Oder vielleicht doch? Hatte er ihn gewarnt? Wovor eigentlich?

Seit einem guten Jahr schleppte er den Körper und die verquollenen Augen eines nicht austrainierten Schwergewichtlers mit sich herum. Er trug eine gutgeschnittene Uniform, nicht so geleckt wie die des Franzosen.

Was meinte dieser Lackaffe mit »die Angelegenheit mit diesen Mädchen«? Sie hatten bislang nur eine Leiche gefunden. Die Ermittlungen stockten. Offenbar wusste der Franzose mehr als er.

Krüger stand auf und zog seine Hose am Gürtel hoch. Es gab nur eine Chance, aus der Zwickmühle zu entkommen: Erfolg, Erfolg und nochmals Erfolg. Beim BGS, auch beim BKA, selbst in der Organisation des Sonnenbrillenträgers mit dem Menjoubärtchen. Beim BND. Auch so ein Wort. So ein Geist. Fremde Heere Ost.

Und da gab es noch Menger. Was, wenn die, die den mysteriösen Jeanpierre angeblich auf dem Gewissen hatten, auch Menger ermordet hatten? Wem konnte er noch trauen? Gegen die eigenen Leute operieren? Was erwartete Proust da von ihm?

»Mal sehen«, brummte Krüger, »mal sehen.«

Alles ging durcheinander. Freund oder Feind, wen schert's noch? Es galt, die eigene Haut zu retten. So war es, so ist es und so würde es immer sein. Der Bundesgrenzschutz war die eigentliche Staatspolizei. Er schützte den Bund und die Regierung. Er schützte das Volk und die Grenzen. Er war die eigentliche Armee.

Er dachte wieder an Cremer, der unbedingt zum BGS wollte, Es gab nichts gegen ihn einzuwenden. Er passte ins Bild. Groß, schlank, gut gewachsen.

»Wenn ich weiter bei den Binnenschiffern Kohldampf schiebe, packt mich noch der Cafard!«, hatte Cremer beim Schlachten gesagt.

Er drehte vor Langeweile durch. Der Mann brauchte Abwechslung. Echte Aufgaben, gierte nach einer Herausforderung. Ihm musste geholfen werden.

Krüger warf einen Blick aus dem über zweimal zwei Meter

großen Panoramafenster und ließ ihn über den weitläufigen Parkplatz drei Stockwerke tiefer schweifen.

Hanomag-Henschel L28, fünf Mercedes-Benz-Funkkraftwagen L 3500, Unimog-Zugmaschinen, Kradräder Marke Ardie, drei SW M 8, Führungs-Kfz Rover Panzerwagen, ausgestattet mit 20-mm-Maschinenkanonen HS 804 Hispano Suiza. Im nächsten Jahr sollte hier ein Hiller UH 12 B stehen. Krüger wollte den Helikopter-Flugschein machen.

Über dem Rhein und den Vogesen war die Wetterlage unverändert.

Vom Elsass her zog Morgennebel heran und baute sich über der Mitte des Flusses zu einer dichten Wand auf. Der Ausblick war atemberaubend. Die Aufgaben klar umrissen. Der Fuhrpark ordentlich. Seine Männer bestens bewaffnet. Was kümmerte ihn eine Gruppe von Schiebern in Vaduz. Wiedergutmachung hin, aber so? Guernica hin und Guernica her. Bei der augenblicklichen Stärke seiner Gruppe war er in der Lage, überlegene Freischaren der SBZ zurückzuwerfen, ob er ihnen längere Zeit standhalten konnte, war zu bezweifeln.

Cremer war sein Mann für besondere Aufgaben.

Er telefonierte mit dem Kommando-Süd. »Ich lege meine Hand für ihn ins Feuer.« Krüger setzte sich stets durch. Diplomatie mit Fingerspitzengefühl, im richtigen Augenblick wusste er die Daumenschrauben anzuziehen. »Cremer ist seit den 30er Jahren bei der Polizei, fuhr zur See, dann Wasserschutzpolizei, Marineküstenpolizei, in französischer Gefangenschaft. Ein zäher Hund! Jetzt ist er wieder bei der Wasserschutzpolizei am Rhein … in Kehl … beste Zusammenarbeit mit dem Zoll und der französischen Gendarmerie. Er ist der richtige Mann für uns. Ich kenne ihn seit dem Krieg, ich sage nur Schwarzes Meer, Krim … Sewastopol, Rückzugsgefechte im Schwarzwald.«

»Ich tu Ihnen einen Gefallen damit, mein Lieber«, meldete sich der Personalchef Kommando-Süd zu Wort, was hieß, dass er ihn irgendwann einfordern würde.

»Damit tun Sie dem BGS einen Gefallen. Sie werden sehen.«

»Schicken Sie ihn zur Personalabteilung. Und bringen Sie so schnell wie möglich Licht in diese leidige Geschichte mit Menger. Mit solchen Meuchelmorden muss Schluss sein, das erinnert bedenklich an Weimar.«

»Schiebereien, Schmuggel. Wir bleiben am Ball. Cremer wird da dienlich sein.« Krüger ließ den schweren Hörer sanft auf die Gabel gleiten.

Krüger hasste es, um Erlaubnis zu fragen. Er war als Major im Bundesgrenzschutz eingestuft worden. Das war kein Karrieresprung. So war das nach einem verlorenen Krieg eben. Alles fing schön klein und ganz von unten wieder an. Verwaltungspolizei, Militärverwaltung, Truppensonderdienst. Na ja, aber Nazi war er nie gewesen.

Über dem Rhein, weit hinter den Vogesen, ging die Sonne unter.

Biague!

Dort stand Biague mit den Totgeweihten. *Morituri te salutant.* Sie hatten nichts zu verlieren. Die Republik hatte sie zum Teufel gejagt, der Staatspräsident ihnen das Vertrauen entzogen. Biague, ein einsamer, verwundeter Wolf war in Acht und Bann geschlagen.

»Wer alles verloren hat …«, murmelte Krüger.

Dann versuchte er, Cremer zu erreichen.

Sumpfgebiete

Liesi stöckelte über den nächtlichen Hof eines heruntergekommen Lagerkomplexes in der Nordstraße 7. Der nasse Asphalt schimmerte ölig. Sie sog diesen bittersüßen Geruch ein, den sie sich nach kurzen Regenschauern gerne einbildete. Sie nannte ihn den Duft der Heiligen Drei Könige. Eine Süße wie aus Smyrna, Ägypten, Persien, aus Hongkong. Den Südwesten Deutschlands hatte sie nie verlassen und doch kannte sie all die entfernten Gegenden vom Hörensagen. Sie hatte gelernt zuzuhören. Die Männer hatten viel zu erzählen, wenn die Nächte lang waren.

Der schwere Vorhang zu den Privaträumen wurde einen Spalt geöffnet, als sie im du Tonkin den Mantel auszog. Schwaches Licht blitzte im Hintergrund für Sekunden auf. Prinz warf den Motorradhelm mit der Sturmbrille, lange, lammlederne Fliegerhandschuhe und den gummierten Krad-Mantel in das Durcheinander der Garderobenecke und setzte sich neben Liesi an die Theke. Die Mädchen hatten Respekt vor ihm. Sie fürchteten ihn. Er klimperte und klapperte mit den wohlgeformten Silberplättchen, die an einem ledernen Geflecht aufgereiht von seinem Handgelenk baumelten. Sie sollten ihm Glück bringen, böse Geister bannen. Sie bemerkte einen Blutfleck unter der Lederjacke, als er den Reißverschluss öffnete, aber fragte ihn nicht danach.

Sie hatte lernen müssen, wann sie ihn ansprechen durfte.

Prinz sagte: »L'Agenzia falco ha mandato solo quattro agenti, anzichè otto … beh, caro, non arrabiarti piu'. Mi sembra che sia …«, und er freute sich, dass Liesi ihn nicht verstand.

Vor einer halben Stunde noch hatte sie sich im Hafenareal die Beine in den Bauch gestanden. Dort stank es nach den Ausflüssen käuflicher Liebe, die die Steine, das Pflaster, den Asphalt, die Mauern seit acht oder neun Jahrhunderten durchtränkten. Manchmal hatte sie Angst, dass ihr etwas passieren könnte, dass sie kaputtginge, dann rettete sie wieder die Hoffnung. Wie jeden in dieser Bar.

»Alle Verbrechen geschehen nachts …«, sagte Prinz zu der Neuen, die wie blind auf die leere Tanzfläche stierte. Prinz ließ sie sich von einem Polizisten vermitteln. Als habe sie jemand gerufen, stand sie abrupt auf, streifte Liesis Rücken und legte in einem der Séparées die Beine auf ein Sitzkissen.

Liesi hieß eigentlich Marlene, besaß zwischen den vorderen Beißern eine atemberaubende Lücke. Außerdem einen gekräuselten Pony, sorgfältig eingerollte Schmachtlocken und einen todsicheren Schlafzimmerblick. Hinreißend natürlich. Wenn sie nicht auf der Straße stand, zeigte sie in den Vororten am Stadtrand in einer Jahrmarktbude ihre glorreichen Brüste und badete im grünen, orangefarbenen und violetten Licht der Projektoren. Dann ließ sie ihre Zungenspitze im halbgeöffneten Mund spielen.

Nach der letzten Vorstellung wurde sie oft von Marinesoldaten, Fliegern, Kolonialmilitärs, Gebirgsjägern und Sanitätern am Ausgang erwartet. Sie eskortierten sie ins nächste Café, wo sie als eine kleine Königin an der Spitze ihrer Armee Hof hielt.

Seit drei Wochen arbeitete sie in der Bar du Tonkin, einem

zu einer Nachtbar umgebauten ehemaligen Hafenschuppen. Während des Krieges hatte die Bar als Lagerschuppen gedient, in dem kleinere Flusskähne aufgedockt und überholt wurden. Wehrmachtspioniere schipperten den Rhein hoch und runter. Ihr Gerät und Reparaturwerkzeug lagerten sie in einem Schopf nebenan. In den ersten Tagen nach Kriegsende hatte der Schuppen sich in die Genickschuss-Bar verwandelt. Von französischen Soldaten, Legionären, Kolonialtruppen, auch Herren der Zivilbevölkerung bevölkert. Ein ehemaliger Zahlmeister, der illegal die Bahnhofskantine betrieben hatte, baute den Schuppen nach und nach aus. Eine Theke mit Barhockern, niedrige Tischchen und tiefe Sessel, eine Tanzfläche, zwei schwere Billardtische und im hinteren Bereich fünf Séparées, vor die schwere Vorhänge gezogen werden konnten. Der Zahlmeister hatte sich bei der Einrichtung an Western-Saloons orientiert, die er aus amerikanischen Filmen kannte. Der Spitzname Genickschuss-Bar stammte daher, dass so mancher Gast hier seine Erinnerung verlor. Abgezockt und ausgeraubt erst in einem Hinterhof nach Stunden wieder zu sich kam. Mit Kopf- und Gliederschmerzen, als sei er in ein Ätherfass gefallen.

Liesi legte sich zu der Neuen auf eine schmale Couch im Séparée und ruhte sich aus. Sie zog eine Decke über sich. Die Nacht war anstrengend gewesen.

Am Morgen wollte sie mit dem Postauto durchs Höllental fahren. Hinauf nach Himmelreich. Zur Haltestelle an der Passstraße vor dem Eingang zur Schlucht von Höllsteig.

Sie träumte. Zusammengekauert auf der engen Couch. Sie lag hinter einem Rosenstrauch, auf einer weiten, mit Blumen übersäten Aue, ein weiches Kissen zwischen den Schenkeln. An einem Fluss. Die Weiden rauschten. Dazu ein blauer Himmel, so blau, wie es nur ging, oder noch blauer.

Sie fanden sie in einen grauen Kleppermantel geschnürt, ungefähr drei Kilometer stromabwärts hinter dem Sägewerk. Sie war in einem Weidengebüsch am rechtsrheinischen Ufer hängen geblieben. Ein älteres Paar, das in einem nahegelegenen Schrebergarten hauste, hatte das tote Mädchen entdeckt, als sie, ausgerüstet mit einem Leiterwagen, einer Schaufel und einem Rechen die Gegend nach Dingen absuchten, die ihnen nützlich sein konnten. Das graue Paket entdeckten sie rein zufällig. Sie waren einem merkwürdigen Quieken nachgegangen und stießen auf einen Fuchskadaver, in dessen aufgebissener Bauchhöhle der Rattennachwuchs eingezogen war. Nicht weit entfernt davon schaukelte das Kleppermantel-Paket im Brackwasser. Als sie mit dem Rechen danach stocherten, packte sie eine grausige Ahnung. Sie rannten davon und riefen die Polizei.

»Vor solch einem Mädchen muss man salutieren. Jeder wollte ihre Seele, hat aber nur ihre Möse bekommen«, sagte Müller.

»Wie scharfsinnig«, bemerkte Nevada, »klingt fast so, als wärst du hinter ihr her gewesen. Kanntest du sie?«

»Idiot!«, sagte Müller. »Du kannst mich mal.«

Rauff legte ihnen seine Hände auf die Schultern. Sie waren alle drei in der grüngrauen Polizeiuniform für Offiziere des gehobenen Dienstes angetreten. Wo zu glorreichen Zeiten Orden die Brust zierten, steckte jetzt das Deutsche Sportabzeichen. Nevada trug außerdem das Abzeichen der DLRG in Silber. »Bis wann haben wir den toxikologischen Bericht?«, fragte er.

»Domani sera.« Rauff war ’44 mit den *Grünen Teufeln* vor Monte Casino gelegen.

»Und den Befund der Gerichtsmedizin?«

»Domani sera«, wiederholte Rauff stoisch.

»Dann heißt es warten.«

Sie rauchten, bliesen feine Wolken von Roth-Händle und Reval in den späten Abend.

»Was raucht eigentlich Cremer?«, fragte Müller

»Overstolz …«, antwortete Nevada.

»Overstolz … sind die nicht süß?«

»So ähnlich wie Players, das ist gerösteter Tabak.«

»Cremer raucht ganz bestimmt keine Overstolz, er raucht Gauloises, hat er immer geraucht«, sagte Rauff.

»Wenn er welche bekommen hat«, klärte Müller sie auf.

»Nach Fünfundvierzig hat Cremer nur noch Franzosenkraut geraucht.«

»Und jetzt ist er beim BGS?«, stellte Nevada nüchtern fest.

»Krüger hat das eingefädelt.«

»Will er uns Konkurrenz machen? Wenn wir nicht spuren, werden wir alle abserviert, dann läuft es ohne uns?«

»Denk an Menger«, mischte sich Nevada ein. »Wie es mit ihm geendet hat … traurig, traurig.«

»Da denk ich lieber nicht drüber nach«, sagte Müller.

»Wir haben ein Defizit, wie sie es jetzt nennen.«

»Wir können zur Feuerwehr gehen, wenn das so weitergeht«, meinte Rauff.

»Mal langsam, die beim BGS …«

»… die haben ganz andere Möglichkeiten, du wirst sehen, was der Cremer alles aus dem Hut zaubert …«, ereiferte Nevada sich.

»BGS-Sonderermittler … Krügers Grenzbezirk der Legalität.« Müller ging in die Knie und sah sich einen Fußabdruck an.

»Frage der Zuständigkeit?«, Rauff war das mehr oder weniger egal.

»Krüger reißt alles an sich.«

»Cremer ist halt ein Kriegsbulle, der weiß, wie man's macht.« Rauff setzte einen Fußabdruck neben den, den Müller sich ansah. Es war zweimal derselbe. Als Müller zu ihm aufsah, grinste Rauff. »Cremer ist auch nur ein Ministrant.«

»Er hängt sich rein. Hat er immer getan ... bei allem. Immer vorneweg. Hundertfünfzig Prozent.«

»Und wir pennen?«, fragte Müller

»Ja, wir pennen ... nein, nicht, ... aber ... wir liefern keine Ergebnisse.«

»Corriger la fortune, mein Lieber«, sagte Nevada. »Schlimme Dinge passieren ...«

»... und wir reden und reden ...« Der weiche Karl Müller, der Poet, schien nicht zufrieden zu sein.

»Die Boxsport-Süd«, warnte Nevada sie.

»Was haben die damit zu tun ...«

Ein Schuss ließ die Frontscheibe eines DKW-Munga zerplatzen. Fast lautlos schlug ein zweiter ein, als ein dumpfes Schlagen.

Dann ein dritter.

Sie hechteten in Deckung und bellten sich Anweisungen zu. Rauff zerschoss die Laterne. Bis die Fahrzeuge ihre Scheinwerfer abgeblendet hatten, war alles vorbei.

»Warum haben wir keine Hunde dabei?«, schrie Rauff. »Wofür füttern wie die Viecher, wenn sie daheim im Zwinger schnarchen?«

Ein Fuchs im räudigen Pelz humpelte über den feuchten Asphalt und verschwand in einem Weidengebüsch am Ufer.

Cremer rannte durch den Wald. Er musste sich nur auf der Leuchtspur halten, wie er diesen Zustand nannte. Gipfel, hohe

Bergflächen, gleißende Schneefelder umgaben ihn. Im Tal unten graues Gestein, fahle grüne Flächen, teilweise überschneit. Das Wasser rieselte die Felsen hinunter und sprang über den Weg. Die Tannenäste hingen schwer herab. Am Himmel zogen graue Wolken vorüber, so dicht, dass der Boden dampfte, so träge, so plump. Cremer lief achtlos weiter. Es lag ihm nichts am Weg.

Erschöpft ließ er sich auf eine Holzbank fallen. Der Wind schlug um. Die Tannen überragten im Halbrund den Rand einer Lichtung und begannen zu rauschen. Der Winter stand vor der Tür. Und er war mit seinen Ermittlungen keinen Schritt vorangekommen.

Er hatte versucht, vom Talboden aus, vom unteren Lauf des Höllenbachs steil den Hang hinaufzusteigen. Bis zur Malerhütte. Bis hierher erst hatte er es geschafft. Das war dreiviertel der Strecke. Überall lag Astwerk verstreut. Hier wuchs kein Gras. Einige Stellen waren moosig. Dazwischen Schleifspuren vom Abtransport schwerer Stämme. Erdkerben zogen sich über die Lichtung. Die Gäule hatten sich mit aller Kraft in den Boden gestemmt.

Urplötzlich schoss ein scharfes Licht über den Himmel. Dann wurde es finster. Kaum, dass er seine Hand vor Augen sehen konnte. Im Krieg hatten sie die Leichen in den Fluss geworfen oder im Wald vergraben. Viele wurden einfach liegengelassen und verwesten. In der Gegend hier lagen unter Felsbrocken bis zu fünfzig Leichen. Man hatte sie in Säcke gesteckt, aufeinandergestapelt wie totes Holz.

Cremer stolperte bergauf, strauchelte. Als er sich aufrichtete, sah er am Hang gegenüber ein hochaufragendes Baumskelett. Rußschwarz gegen den Himmel, wie ein vielarmiger Galgen. Er roch das aufziehende Gewitter. Der Wald konnte ihn nicht schützen. Er hastete rastlos weiter.

Endlich stand er vor der Kapelle. Halb in den Abhang eingegraben, war sie eins mit der Umgebung. Grün gestrichene Holzschindeln auf der hohen Fassade verschmolzen mit der Natur. Das Fundament war aus ziegelroten Sandsteinquadern errichtet worden, der Bau selbst aus einfachsten Tannenbalken und Fichtenbrettern, eher primitiv in seiner Erscheinung.

Cremer stieg die sieben Sandsteinstufen hinauf zum Portal. Das Tor war nicht verschlossen. Er betrat den Innenraum und war überrascht. Ein überlebensgroßer Gekreuzigter, anatomisch exakt, naturgetreu bemalt, hing an einem grob gehauenen Kreuz über dem Altartisch.

Gottes Sohn sah auf Cremer herab.

Er hatte weibliche Gesichtszüge, die Augenlider geschlossen, den Mund mit dunkelrot bemalten Lippen schwach geöffnet, das Haupt leicht geneigt. Rinnsale traten aus den Wundmalen, das Schamtuch war mit Gold belegt. Die Holzfigur erschien lebend echt, als schliefe sie nur.

Auf dem kleinen Kirchhof war der Schnee geschmolzen, dunkles Moos unter den Grabkreuzen. Ein verdorrter Rosenstrauch lehnte an der Kirchhofmauer. Cremer beachtete die verwelkten Blumen. Die nächtliche Wolkendecke brach auf. Ein zunehmender Mond stand weiß und bedrohlich hell über ihm.

Er ging zügig weiter, kein Schnee mehr auf dem Pfad. Unbeirrt und ohne zu verweilen, eilte er weiter zur Malerhütte.

Hinter ihr standen drei zweihundert Jahre alte Weißtannen.

Er steckte den Schlüssel ins Schloss. Nach mehrmaligem Rucken und Ziehen und Drehen gab das Schloss nach. Jetzt erst bemerkte er, dass die Türe aufgebrochen und eingeklemmt im Türrahmen saß. Mit einem Schulterdruck sprang sie auf.

Die Hütte des Kunstmalers bestand zu ebener Erde aus drei Räumen. Ein Flur mit einer Reihe von Garderobenhaken an jeder Wand. Von dort öffnete sich eine Tür in den Vorraum mit einer Essecke, Bank und Hockern und einem gusseisernen Holzheizofen. Daneben ein Herd mit Rohr und Schiff, verschiedene Küchenutensilien, zwei Stühle, eine Liege und eine Stiege nach oben unters Dach.

Vom Eingangsbereich aus führte eine weitere Tür in einen schmalen Raum. Vollgestellt mit einem breiten Bett, Bücherborden und einem Waschtisch. Hinter dem Raum lag das Arbeitszimmer des Kunstmalers. Ein Schreibtisch, eine Staffelei, eine Palette, Eimer, Farbtuben, Pinsel, bemalte Leinwände, Spannrahmen. In einer Ecke ein weiteres schmales Bett. Der Boden war mit rohen Fichtenbrettern auslegt.

Kälte kroch die Wände hoch. Ungesunde Luft. Alles klamm. Weiter hinten durch eine enge Tür gelangte er in eine Art Schlauch an der Hügelseite. Ein Schopf gegen den Hang gesetzt. Ein Abtritt, das Plumpsklo, Scheiße, Zeitungspapier, Brandkalk, ein Geruch von Verwesung und fauliger Frucht.

Cremer konnte es durch die Ritzen riechen. Wer hier saß, musste frieren im Winter, das hieß mindestens das halbe Jahr.

Er stieg unters Dach. Den quadratischen Raum erreichte er über eine Falltür in der Decke, die er von der Stiege aus mit dem Kopf Hand aufstieß. Ein Eisengewicht an einem Drahtseil, das über ein kleines Rad lief, unterstützte das Öffnen. Der Falltür gegenüber befand sich eine schmale Fensteröffnung mit Blick auf die Lichtung vor der Hütte. Mitten in dem engen und niedrigen Raum war eine Menagerie aus Figuren afrikanischen Ursprungs aufgebaut.

Krieger mit großem Federschmuck, Speere, Keulen, mit Tierfellen bespannte Schilde, Masken, Trommeln. An einer Wand hing ein befremdliches Bild, ein Holzschnitt aus Japan in vielen Farben. Ein junges Mädchen, asiatisch aussehend, wurde von einem hässlichen Alten gefesselt und gequält, aufgezogen und über eine Flamme gehängt.

Als hätten Unbefugte sich herumgetrieben und gewühlt, lagen Hefte, gefüllt mit Tagebuchseiten und eingebundenen Briefen, zuhauf auf den Dielen herum. Cremer blätterte darin und begann zu lesen:

… und was meine Zukunft anlangt … schließlich bin ich ja nicht mehr zwanzig Jahre alt … meine Entschuldigung ist, dass das Malen die Gedanken für alles Übrige ausschaltet … ich selbst wäre nicht unglücklich, es wäre mir vielmehr ganz recht, wenn ich mich auf fünf Jahre für die Fremdenlegion verpflichtete … mit meiner Gesundheit geht es weit besser als vorher, und vielleicht wäre es heilsam, wenn ich Soldat würde, das löschte die schweren Gedanken aus … wie die Wogen sich verzweifelt gegen die tauben Felsen stürzen, so überkommt mich zuweilen …

Cremer blätterte weiter und las quer:

… wäre ich katholisch, könnte ich Mönch werden und ins Kloster gehen, aber da ich das nun mal nicht bin, Legionär ist allemal so gut wie Mönch … ich breche ab, aus Angst, einen Rückfall zu bekommen, … die Gedanken sind das Übelste, der Körper tut, was er tun muss …

Cremer schlug ein Heft in der Mitte auf.

… die erste und letzte Ursache meiner Geistesverwirrung ist die Vergangenheit, ich komme von ihr nicht los …

Er überflog die letzten Seiten.

… dringlich: 10 Silberweiß große Tuben, 1 Zinnober Doppeltube, 6 Veroneser Grün Doppeltuben, 3 Geraniumlack kleine Tube, 3 Chromgelb, 3 Zitrone Doppeltuben, 6 Firnis kleine Tube, 3 Chromgelb Nr. 2 Doppeltube, 2 Preußischblau kleine Tube, 1 Chromgelb Nr. 3 Doppeltube, 4 Smaragdgrün kleine Tuben … ich muss eine Sternennacht malen, vielleicht über einem reifen

Kornfeld; es gibt hier sehr schöne Nächte … ich bin in einem ständigen Arbeitsfieber … an meiner Krankheit kann ich nichts ändern … bisher habe ich niemandem Böses getan … muss ich es mir da gefallen lassen, wie ein gefährliches Tier beobachtet zu werden? … die Fischer wissen, dass die See gefährlich ist und der Sturm entsetzlich … kommt der Sturm, sinkt die Nacht, was ist schlimmer, die Gefahr oder die Angst vor Gefahr? Dann lieber die Wirklichkeit, die Gefahr selbst … Wind, das ist etwas für mich. Eine Sonne, ein Licht, blasses Schwefelgelb … ich fürchte, mit dem Mädchen wird es nichts werden, sie hatte versprochen zu kommen, aber dann ist sie weggeblieben, hat durch Herumludern Geld verdient und hat nun Besseres …

Cremer legte das Heft zurück. Briefe? An wen? Hatte er sie gar an sich selbst geschrieben? Das Verhältnis zu dem Mädchen musste enger gewesen sein als ein bisschen Kochen, Putzen und Modellstehen. War sie auch die, die durch »Herumludern« ihr Geld verdiente?

Cremer suchte in der Kochnische nach Trinkbarem. Mund, Rachen und Kehle waren ausgetrocknet und rau. In einem Küchenschränkchen aus Fichtenholz fand er eine Weißglasflasche mit einem Rest gelbgrünen Gesöffs. Aus dem kornblumenblauen Päckchen fischte er eine Zigarette, entzündete sie und inhalierte, so tief es ihm möglich war.

Er war benommen von den toten Gerüchen in der Hütte. Ihn umgab ein stilles Sterben. Er sah den toten Kunstmaler auf dem schmalen Bett in der Werkstatt, wie er stöhnte und jammerte. Er sah, dass dieses Mädchen in eine graue Gummiplane geschnürt im Wasser trieb. Die kleine Ophelia.

Cremer würgte, stürzte aus der Kammer, die Stiege hinab raus ins Freie.

Vor der Hütte, nach links versetzt, stand ein Holzbrunnen

mit einem sternförmigen Würfel auf einer Säule. Ein paar braune Hühner scharrten im Gras.

Er vertrieb sie, schritt zum Brunnen, beugte sich über den Trog und tauchte den Kopf unter.

»Du wolltest mir mal die Geschichte mit dem vierten Kreuznagel Jesu erzählen. Nein? Sowas interessiert mich aber … sehr!«

»Wollte ich das? Sie hat keine Bedeutung, überhaupt keine Bedeutung, ist nur eine Legende, hatte das nur so dahingesagt«, meinte Cremer.

»Ich liebe Legenden.« Krüger schaute über den Rhein, hinüber ins Elsass und sprach mehr zu sich und dem prächtigen Ausblick. »Unsere Ophelia. Sie muss ein ganzes Stück den Fluss hinuntergetrieben sein. Vermutlich wurde sie unter den Wasserfällen hinter dem Sägewerk hineingeworfen. Wie gesagt … eine Vermutung. Am Geländer der kleinen Holzbrücke unterhalb der Stromschnellen gab es entsprechende Hinweise. Das spräche für einen Täter. Reifenspuren deuten auch darauf hin, sodass wir davon ausgehen können, das Mädchen ist dort ins Wasser geworfen worden. Wenn man dann die Fließgeschwindigkeit berücksichtigt und wie viel Flusswasser in das Paket eingedrungen ist, können wir annehmen, dass das so um drei, halb vier Uhr gewesen sein muss. Sie war mit sonderbar geschickten Knoten und Verschnürungen in den Kleppermantel gepackt. Es befanden sich Tannennadeln an den Knoten. Also, geh mal davon aus, dass du dich beim Sägewerk umsiehst.«

»Weiß man, wer sie war?«

»Wir tappen noch im Dunkeln. Da setze ich auf unsere Kollegen von der Stadtpolizei drauf an. Die finden es heraus.«

»Keinerlei Hinweise?«

»Sie war unbekleidet. Ein hübsches kleines Ding. Schau sie dir in der Pathologie an. Fast unberührt und unversehrt, könnte man sagen. Kann man aber nicht. Da muss gewaltig was los gewesen sein. Druckstellen von den Fesselungen auf der zarten weißen Haut, und dann … jetzt kommt's, was uns die Arbeit nicht gerade erleichtert … kein Tropfen Blut, völlig ausgeblutet. Wer auch immer es getan hat, er hat mit einem sauberen Schnitt Hand- und Halsschlagadern geöffnet und das Mädchen ausbluten lassen. Sie wurde sorgfältig gereinigt. Die blonden Haare schamponiert. Regelrecht für eine Aufbahrung zurechtgemacht. Das spricht nicht für einen ausgerasteten Ersttäter. Der Leichenbeschauer vermutet Herztod. Trotz der Vollreinigung fand er Spuren, die auf eine Vergewaltigung schließen lassen. Sie muss aber mehrfach hintereinander gevögelt worden sein, in alle nur denkbaren Öffnungen. Das war dann mehr als genug.«

Cremer versuchte sich die Ophelia vorzustellen, wie sie den Fluss hinuntertrieb, sorgfältig arrangiert und zurechtgemacht. In den Kleppermantel geschnürt trieb sie an Tannen vorbei, durch ein Waldgebiet, Felsen, dann Äcker, Birkengruppen, gestutzte Weiden, schlafendes Vieh, vereinzelte Hütten und Ställe, Siedlungen, das beginnende Industriegebiet. Den Fluss hinunter bis fast zum Hafen, dann verfing sich das Paket an einem Ast.

»Irgendwann könnte es mit den Leichen doch mal vorbei sein. Ich habe es langsam satt«, sagte Cremer.

»Es geht weiter, immer weiter. Nur sind die Leichenhaufen nicht so hoch aufgetürmt wie im Krieg. Eine Leiche ist so schrecklich wie ein Dutzend und mehr. Es liegt sich in Gesellschaft nicht angenehmer.« Krügers Worte verloren sich, lösten sich geradezu auf, als traue er sich nicht, solche Dinge auszusprechen, wollte sie ungesagt sein lassen. »Der Krieg hat uns nur Scheiße gebracht. Der schöne Rhein, das schöne Elsass, aus, weg, perdu, warst du nicht auch im Schwarzwald, damals, als Meiers versuchte, Ordnung in einen chaotischen Rückzug zu bringen?«

»Wo war ich nicht überall?«

»Spielst du noch Ziehharmonika?«

»Ziehharmonika? Was meinst du?«

»Nur so …«

»Ach, nur so … alles klar. Du hast einen Auftrag, dann wollen wir mal sehen, was dabei herauskommt.«

Krüger angelte aus einem Mahagonikästchen eine kurze, dicke, sehr dunkelbraune Zigarre, einen Stumpen. Sie setzten sie in Brand. Krüger formvollendet mit einem langen Zündholz. Cremer mit seinem alten Benzinfeuerzeug. Cremer rieb mit Daumen und Zeigefinger an der Nasenwurzel.

»Ich mag den Benzingeschmack zum Tabak, hat was von Autowerkstatt, von Blech und Motor.«

»Eben drum, drum mag ich's nicht«, sagte Krüger.

Cremer bemerkte eine einzigartige Geschenkdose aus Bronze auf dem Schreibtisch. Der Deckel bestand aus einem Felsbrocken, auf dem ein Bergstiefel thronte. Krüger, der seinen Blick bemerkte, schob sie verschämt beiseite.

»Wusste gar nicht, dass du bei den Gebirgsjägern warst«, sagte Cremer.

»War mal ein Behältnis für das Ritterkreuz eines Generals. Ich benutze das Ding als kleine Schatztruhe, für Konfekt, sollte ich einmal Damenbesuch bekommen.«

»Dass du Devotionalien sammelst, ist mir neu …« Damenbesuch, na ja, dachte er, unser Krüger.

»Wie gesagt, ein kleines Geschenk für eine Gefälligkeit.«

»Letztens sagtest du«, Cremer hob den Kopf an, »die BGS-Uniform passe zu mir wie ein Stachelhalsband zu einem bissigen Hund. Wie meintest du das?«

»Sieht doch fast wie die alte Polizeiuniform aus, die … die war dir förmlich auf den Leib geschnitten. Ich bin als Junge nur zu Polizei gegangen der schicken Uniform wegen. Du etwa nicht?«

Dazu sagte Cremer nichts. Er sah an sich herunter. Fast wie die alten Lumpen, etwas weniger Silber, keinen Stehkragen, Vorstöße in Dunkelgrün, wie früher die Förster, aber sonst: viel Aluminium an der Mütze, Litzenstickerei in Aluminium auf den dunkelgrünen Kragenpatten, brauner Ledergürtel mit Zweidornschnalle, ebenso die Schulterstücke und die Bewaffnung. Alles wie einst.

»Nur der Geist ist neu, was? Lass dir eine unserer neuen Pistolen geben, sieht aus wie die alte, nur leichter, kein Stahlgriffstück mehr, sie hat jetzt einen aus Leichtmetall.«

»Die P 1?«

»Genau, die Walther P 1 und bring mir den Mädchenmörder«, sagte Krüger, »und wenn du keinen hast, dann mach mir einen. Von mir aus häng es den Zigeunern an, lass dir was einfallen!«

»Ist das dein Ernst?«

»Mein bitterster Ernst! Versuch es, wenn du kannst. Aber zuerst müssen wir uns um die Menger-Geschichte kümmern, das hat Vorrang, vor allem anderen. Da verlass ich mich auf dich.«

Cremer schlug mit der flachen Hand durch die Luft, so als wollte er eine Fliege vertreiben.

»Diese Legende, ich meine die Geschichte von dem vierten Kreuznagel … was hat es damit auf sich, Hans?«

»Das ist eher eine Meiers-Geschichte, eine Zigeuner-Legende, die der Kapitän einmal erzählte …«

»Der Kapitän? Meiers? Was hat der mit den Zigeunern zu schaffen?«

»Es tauchte immer mal wieder das Gerücht auf, sein Vater oder seine Mutter seien Zigeuner gewesen. Jedenfalls soll er bei Zigeunern aufgewachsen sein.«

»Was soll's. Was der Meiers für einer ist, ist mir wurscht, auch Zigeuner sind arisch, sagt man jetzt wenigstens.«

Sie zogen an den Stumpen und bliesen dicke Wolken ins Büro, nebelten sich wie eine Zerstörer-Flottille auf dem Rückzug ein. Unsichtbar sein. So liebte es Krüger. In Deckung abwarten und urplötzlich zuschlagen.

»Ach ja«, sagte er. »Da gibt es noch was. Auf Rauff, Müller und Nevada soll geschossen worden sein.«

»Wer?«

»Nehme mal an, dieser ominöse Boxsport-Süd? Das bekäme dann eine politische Dimension.«

»Die Zollbehörde vermutet ein Schmugglerarsenal in der Feldbergregion. Waffen, Lebensmittelvorräte, Schmuggelgut aus Frankreich. Auf dem direkten Weg über den Rhein, und aus Italien, über die Schweiz ins Dreiländereck gebracht. Ich war von der Wasserschutzpolizei Kehl darauf angesetzt.«

»Hast du da was rausbekommen?«

»Ich bin ja nicht mehr beim Wasserschutz.« Was wusste Krüger? Einen Moment lang traute Cremer ihm zu, dass er selbst bei der Wehrsportgruppe mitmischte. Zuzutrauen wäre es ihm. Cremer wagte nicht, ihn darauf anzusprechen. Was ging es ihn an?

»Ach«, meinte Krüger beiläufig, so als interessierte es ihn überhaupt nicht, »wie kommst du mit Nevada klar? Du wolltest ein Auge auf ihn haben. Es gibt da nicht nur einen Verdacht.«

»Ich bleibe dran. Das braucht Zeit.«

»Du meinst …?«, Krüger sprach den Gedanken nicht aus.

Vielleicht dachte Krüger auch nicht gerne zu Ende. Er überließ es lieber Cremer, das für ihn zu tun.

Cremer parkte den flaschengrünen Mercedes Benz, Modell 170 DA, in einer Seitenstraße und ging langsam auf den Schuppen zu. Hinter einer schäbigen und trostlosen Fassade verbarg sich eine Bar. Ein paar müde rote und gelbe Neonsterne blinkten. Im Schriftzug *Bar du Tonkin* fehlten drei Buchstaben. Ein *A* und die beiden *N* leuchteten nicht.

Der Holzschnitt mit der Folterszene, auf der ein Mädchen von einem geilen Alten gequält wurde, verfolgte ihn. Die Tagebucheintragungen, die Erwähnung der Fremdenlegion. Er würde die Hütte ein zweites Mal aufsuchen müssen. Als er im Wirtshaus nach der Marlene gefragt hatte, antworteten der Wirt und der Knecht wie aus der Pistole geschossen, sie wüssten nichts weiter. Einmal habe der Kunstmaler geklagt, sie sei zu wild und treibe sich in Rheinstadt am Hafen herum.

Ein funkelnagelneues Motorrad parkte vor dem Eingang. Es hob sich edel und fremd von der heruntergekommenen Umgebung ab. Eine Brough RK 4907. Der Zündschlüssel steckte. Da hatte offenbar einer keine Angst vor Dieben. Cremer zog den Schlüssel ab. Er trug Zivil. Einen unauffälligen, grauen Flanell, darüber einen Trenchcoat, ebenso grau. Statt durch die spärlich beleuchtete Vordertür zu gehen, wählte er den Hintereingang. Eine Angewohnheit, die er nicht zu erklären vermochte. Durch einen schummrigen Flur näherte er sich dem Barraum, vernahm Schlagermusik, Gelächter, Gesprächsfetzen. Er schob einen schweren, roten Vorhang zur Seite. Über der Theke hing Neonlicht hinter Schabracken. Eine groß gewachsene Blondine und ein Kerl in einer schwarz glänzenden Lederkluft, der ihm den Rücken zukehrte, waren so in ein Gespräch vertieft, dass sie ihn nicht gleich bemerkten.

»Es ist schlimm«, hörte er die Blondine hinter der Bar sagen, »für mich ist es unerträglich. Seit Tagen war sie nicht mehr hier.«

»Wenn ich etwas wüsste … sie taucht schon wieder auf.«

»Die Gerüchte …«

»Das ist nicht Liesi … wenn, müsste ich es wissen«, sagte der Mann. »… bestimmt, ich müsste es wissen, hab überall meine Augen und Ohren.«

Mehr Hülle als Form hing er auf dem Barhocker, war ausgedorrt und hager. Zur Lederkluft trug er gut gewichste schwarze, halbhohe Motorradstiefel. Ein gelber Seidenschal war lässig um den Hals geschlungen. Die Augen hinter einer Pilotenbrille verborgen.

Die Blondine nannte ihn Prinz. Für Cremer war der Kerl ein Maquereau, wie Ratten waren die, wo immer sie auftauchten.

Mit einem Filetiermesser schnitt die Blondine eine Grapefruit in zwei Hälften. Eine davon presste sie in einem Wasserglas aus und rührte mit einem Teelöffel etwas Zucker unter.

»Es geschehen böse Dinge …«, sagte sie und verstummte, als sie Cremer bemerkte.

»Ist schon geöffnet, hoffe ich«, sagte er.

»Wie … wie sind Sie hier hereingekommen?«

Cremer zeigte mit einer Kopfbewegung auf den roten Vorhang und legte den Motorradschlüssel auf die Theke. »Steckte«, sagte er nur, bevor er sich an die Theke setzte.

Ohne aufzusehen, streckte der Mann in der Ledergarnitur die Hand aus und schob den Schlüssel zu sich rüber.

Von der Decke hing eine Spiegelkugel, die sich über der Mitte des Raumes drehte. Rötlich oder grünlich oder bläulich Punkte, je nachdem, aus welcher Ecke es gerade blitzte. Tanzende Farben. Irgendwo musste eine Musikbox stehen.

Bananen, Palmen, Hula hula …

»Sie sind mir eine Antwort schuldig«, sagte die Blondine. Als Cremer ihr die Antwort schuldig blieb, wechselte sie einen Blick mit dem Mann in der Lederkluft und fragte: »Was darf es sein?« Das schwarze Häkelkleid mit einem atemberaubenden, geradezu sündhaften Ausschnitt stand ihr gut. »Frisch gepressten Grapefruitsaft mit einem kräftigen Schuss Whisky?«

»Ohne Eis und mehr Whisky als Saft.«

Auf der Eckcouch kicherten Petticoat-Mädchen und zogen sich verschämt einen Kragenzipfel vor den Mund. Eine halbnackte Brünette tippelte in hochhackigen weißen Pumps an ihnen vorbei und sammelte ihre Sachen ein. Mit nach vorne kreisenden Bewegungen wiegte sie sich in den Hüften, als sie ihren Petticoat fand. Bis auf die verschiedenfarbigen Schleifen im Haar waren sie alle gleich bekleidet. Spärlich.

Die Blondine stellte ein Glas mit Strohhalm vor Cremer hin. »Heidi«, sie hätte ihm fast die Hand gereicht, als der Mann in der Ledergarnitur vom Barhocker rutschte und sich in Cremers Nähe schob.

»Bei uns kommt man durch den Vordereingang«, flüsterte er.

»Du sagst mir gar nichts«, entgegnete Cremer, ohne sich nach ihm umzudrehen.

Das halbnackte Mädchen tippelte an die Bar, zog ihre Sachen über und ließ sich auf einen freien Barhocker nieder, der mit dunkelgrünem Kunstleder bezogen war.

»Ich bin April«, sagte sie. »Ich bin das Mädchen April, weil ich im April tanze.«

Cremer kippte den Whisky in einem Zug und sah dem Motorradfahrer hinterher, der durch den Vorhang nach hinten verschwand. »Das hast du schön gesagt«, wandte er sich anschließend an April. »Hast du auch eine Freundin hier, kleine April?«

Sie gickste etwas, das wie *Ja* klang.

»Ist das dann das Mädchen Mai?«

»Nein, das ist die Liesi.«

»Die Liesi, sieh an. Und die tanzt auch hier? Wie du.« Heidi schob ihr ein Glas zu, das sie Cremer sicher in Rechnung stellen würde.

»Sie kommt nicht mehr«, sagte Liesi und sah Heidi an.

»Schon lange nicht mehr?« Cremer wollte wissen wieso.

»Weiß nicht …«, als rutschten ihre Gedanken woandershin, sagte sie, »… deine Gefühle auszudrücken … und du offenbarst dein Herz … und dazwischen befindet sich etwas wie eine Glaswand, wie eine unsichtbare Glaswand … aber sie können nicht hören, was du sagst …«

»Wie lange ist sie denn schon verschwunden?«

»… vielleicht bin ich … vielleicht einfach nur unfähig, eine Beziehung, ich meine … zu einem wunderschönen, unschuldigen … zu einem Jungen …«

Ein anderes Mal, dachte Cremer. Wahrscheinlich hatte das Mädchen April einen Schuss weg.

Er hob die rechte Hand, zeigte auf sein leeres Glas, ließ das Feuerzeug aufschnappen, verbreitete Benzingeruch und gab sich Feuer. Die Musik brach ab … dann setzte sie wieder ein.

Als Heidi den zweiten Drink vor Cremer hinstellte, so nah, dass ihm ein betörender Dufthauch ihres Parfüms in die Nase stieg, schlug ihm die Wärme ihres Dekolletés entgegen. Dieses Mal hatte sie einen Grapefruitschnitz auf den Glasrand gesteckt. Sie fragte: »Eis?«

Cremer schüttelte den Kopf.

»Und was trinkt das Fräulein April da?«

»Einen Cocktail ... bin aber ein Mädchen, kein Fräulein«, hauchte April.

»Und was hat deine Freundin immer getrunken?«

»Liesi«, flüsterte sie, »eigentlich heißt sie Marlene.« Mehr sagte sie nicht. Trotz zweier weiterer Cocktails.

Nach einer halben Stunde rückte Cremer ein paar Scheine in einer korrekten Linie auf die Theke und hinterließ ein großzügiges Trinkgeld.

Im Rausgehen nahm er in der hintersten Ecke ein mit giftgrünem Tuch bespanntes Billard wahr. Auch bemerkte er, dass ein rosafarbener Blumenstrauß auf der Theke stand. Nicht weit von der Stelle, wo er gesessen hatte. Ließ seine Beobachtungsgabe nach? War er nicht mehr konzentriert genug? Nicht auf der Hut?

Dieses Mal nahm er den Vordereingang.

Die Erinnerung ist dein Feind

Die weißen Kuben der Kasbah versanken in einem bläulich rosa Licht. Ohne erkennbare Regung trat Colmar in den Salon. Es roch süßlich nach Duftwasser. Sein Gesicht zur Maske erstarrt. Er hatte es gewusst. Die ganze Zeit über. Warum hatte er nicht auf sich gehört? Warum war er nicht weggeblieben? Damit er herausfand, wie es wirklich um sie stand? Machte das einen Unterschied? Der Revolver baumelte in seiner Hand. Er trat aus dem Schatten ins Licht der Stehlampe.

Ava trug den seidenen Kimono, den er in der Kasbah in einer halbstündigen Verhandlung für sie gekauft hatte. Sie hielt ein Champagnerglas in der Hand und lächelte. Der Kimono stand leicht offen. Er sah ihre weiße, makellose Haut. Den etwas zu großen Nabel. Als sie ihn bemerkte, raffte sie den Kimono über der Brust zusammen.

Er richtete bloß den Revolver auf sie.

Ein junger Offizier hockte auf der Couch. Er hing entspannt in den Kissen. Ein Streichholz zwischen den Lippen. Colmar überkam ein Gefühl von Zorn und Übelkeit. Der Offizier trug die helle Zwillich-Reithose mit chantilly-artigen Stiefeln. Der muskulöse Oberkörper glänzte matt. Das schweißnasse Haar hatte er nach hinten gekämmt. Eine Reitgerte lag über seinen Oberschenkeln gespannt. An den Seiten drückte er sie mit den

Händen herunter. Den Offiziersrock, das Hemd und die Krawatte lagen über einen der Sessel geworfen. Ein Streichholz drehte sich zwischen den Lippen des Offiziers von rechts nach links. Zwei abgebrochene lagen in einem Aschenbecher vor ihm.

Wen erschoss man in so einer Situation? Die Frau oder den Mann? Die meisten würden sich wohl für den Mann entscheiden und die Frau verschonen. Colmar trat zwei Schritte auf den Offizier zu und legte den Revolver auf einem niedrigen Glastisch ab.

»Tu, was du tun musst«, sagte der Mann.

Er ließ die Reitgerte hochschnellen, drückte sich aus den Kissen hoch und war bereit sich zu stellen.

Colmar trat näher an ihn heran. Seine Hände zitterten. Als er nach dem Revolver tastete, war er verschwunden, und er bemerkte, dass der Offizier sich mehr vor Ava als ihm fürchtete. Als er sich umdrehte, sah er, dass Ava den Revolver in der Hand hielt. Bestand nicht gerade der Reiz darin, dass er nie wusste, was sie als Nächstes tat? Sollte sie ihn doch erschießen. Doch die Verachtung in ihrem Blick, die ihm galt, war unerträglich.

Sie stand vor der Glasfront. Er sah den Widerschein des Mondes auf dem Wasser hinter ihr. Sie lächelte und richtete die Waffe nicht auf ihn, sondern auf den Offizier, dann auf sich selbst. In ihren Augen war er ein Feigling.

Als er niedergeschlagen wurde, hörte er einen Schuss und dachte, es hätte ihn erwischt.

Das Mädchen April

Auf dem Weg nach Hause hielt Cremer an einem Kiosk an und stieg aus. Ohne den Benz abzuschließen, lief er unter die rotweiß gestreifte Markise und brachte sich vor dem Regen in Sicherheit. Seit er beim BGS war, suchte er die Bude regelmäßig auf. Er bestellte eine Bockwurst und ging in die Telefonzelle direkt daneben. Als er gerade den Hörer abnahm und den rechten Zeigefinger in die Wahlscheibe steckte, beobachtete er, wie zwei Kerle sich an seinem Wagen zu schaffen machten. Einer hatte eine Hand unauffällig auf den Griff der Fahrertüre gelegt. Cremer sprang aus der Telefonzelle und riss ihn am Kragen zu Boden, trat ihm einmal kurz in die Nieren und wandte sich dem zweiten zu, der mit einem meterlangen Armierungseisen bewaffnet um den noch warmen Kühler schlich. Cremer rammte ihm die Wagentüre in den Bauch, das Eisen fiel mit einem dumpfen Schlag auf den Asphalt. Er griff danach und zog dem Angreifer, der zusammengekrümmt vor dem tannengrünen Dienst-Mercedes kniete, einen schmerzhaften Schlag über den Rücken. Die beiden lagen langgestreckt im Regen. Cremer war zufrieden, schloss den Wagen ab und widmete sich seiner Bockwurst, ohne ihnen einen weiteren Blick zu schenken. Sie war noch heiß und der Senf scharf, das Brötchen knusprig. Eine Riesenbockwurst war genau das, was er in diesem Moment brauchte.

»Die haben Sie sich aber verdient …«, meinte die Kioskbetreiberin.

Das Armierungseisen hatte er vor sich auf die Ablage mit den Senftöpfen gelegt. Ein Topf mit feuerscharfem Senf, einer mit mittelscharfem, der dritte mit einem zivilen, einem milden Senf.

»Es treibt sich zwielichtiges Volk hier herum«, sagte die Kioskbetreiberin, »wollen Sie was trinken?«

»Ja … danke nein«, brummte Cremer, »nicht nur hier.«

»Wie Sie das eben gemacht haben, alle Achtung!«

Die Gegend war wie ausgestorben. Eine Insel mit einem Kiosk, einer Telefonzelle rechts, links eine Litfasssäule, übersät mit abgerissenen und überklebten Plakaten, auf einem großzügig angelegten Straßenviereck, eingerahmt von tristen dreistöckigen Häuserblocks im sparsamen Nachkriegsstil. Alles beklemmend, ausgestorben. Cremer wies mit einem Kopfrucken zur Telefonzelle neben dem Kiosk. »Ich erwarte einen Rückruf, ich hoffe, die funktioniert.«

»Die ist in Ordnung«, meinte die Kioskbetreiberin, »tiptop.«

Ein paar Blocks entfernt tauchte eine Gestalt aus dem regenverhangenen Dunst auf. Ein untersetzter Mann in einem dunkelblauen Anzug und einem blassgrauen Filzhut. Von der Krempe tropfte Regen. Das Wasser ließ den feuchten Anzug aus Flanell fast schwarz erscheinen. Vor dem Kiosk wandte er sich nach rechts zur Telefonzelle hin. Er fuhr sich über die Stirn und strich über den schmalen Schnurrbart auf der Unterlippe. Er hätte besser einen Mantel übergeworfen, dachte Cremer. Jetzt erst bemerkte er, dass an den Schläfen rechts wie links dunkle Farbschlieren unter der Hutkrempe hinunterrannen.

Der Fernsprecher läutete. Als Cremer einen Schritt hin auf die Telefonzelle setzte, drängte der Mann sich unsanft vor. Er trug eine randlose Brille.

»Das wird für mich sein, Pardon«, sagte er, betrat die Telefonzelle, hob den Hörer ab und drehte Cremer den Rücken zu. Nach ein paar Minuten war er wieder draußen. In aller Ruhe sagte er: »Um die Zeit ist der Anruf immer für mich.«

Als genüge das als Erklärung, spazierte er die Straße hinunter, blieb vor einem Baugrundstück stehen, das von einem engmaschigen Drahtzaum umgeben war, und drehte sich noch einmal um. Auf einem weißen Band in großen schwarzen Buchstaben stand *DANGER* geschrieben.

»Haben Sie den schon mal gesehen?«, fragte Cremer die Kioskbetreiberin.

»Das eine oder andere Mal. Er trinkt er seinen Kaffee schwarz mit viel Zucker, den er nicht umrührt. Heute hatte er es wohl sehr eilig.«

»Ist wohl nicht von hier?«

»Nein, vor einer Woche war er das erste Mal hier. Ging die ganze Zeit auf und ab, als wartete er auf jemanden. Beim zweiten Mal kam er an den Kiosk und bestellte einen Kaffee. Seither trinkt er jeden Tag um dieselbe Zeit seine Tasse und wartet ein paar Minuten.«

»Ein paar Minuten?«

»Er schaut auf die Armbanduhr, trinkt den Kaffee, dann klingelt das Telefon, dann geht er.«

»Könnte er Franzose sein?«

»Elegant, höflich, gibt großzügig Trinkgeld, das machen die Deutschen nicht, die Amis auch nicht.«

»Vielleicht nehme ich doch einen Kaffee, schwarz mit viel Zucker.«

Er lächelte mehr zu sich als zur Kioskbetreibern, zahlte die Bockwurst und die Tasse Kaffee, die er heiß und in einem Rutsch leerte, gab ein großzügiges Trinkgeld und stieg in den Benz, nicht ohne das Gefühl mitzunehmen, um ein Telefonat, um eine Nachricht, um eine Information betrogen worden zu sein.

Vor der Bar parkte diesmal kein protziges Motorrad.

Als Cremer den schweren Vorhang teilte und in die Bar trat, glaubte er, in den Augenwinkeln den Mann vom Kiosk zu erblicken. Jetzt ohne Brille. Dieselbe untersetzte Gestalt, dunkler Teint, mediterran. Das Haar links gescheitelt, eine Locke rechts über der Stirn, die angewinkelte Rechte vor dem Bauch gehalten, die linke Hand lässig in der Hosentasche, maßgeschneiderter dunkelblauer Anzug, weißes Hemd, schwarze Krawatte. Wie hatte die Kiosk-Besitzerin ihn genannt: elegante Gestalt. Die jedoch so schnell seinen Blicken entschwand, wie sie aufgetaucht war.

Cremer drehte sich einmal um die eigene Achse. Außer einem bunten Kleid hinter dem Tisch vor der Eckcouch war niemand da. Es war das Mädchen April. Sie schien zu schlafen. Vielleicht hatte er sich auch getäuscht. Er näherte sich geräuschlos und ließ sich in einen Sessel nieder. Sie stöhnte leise, räkelte sich, gähnte und schlug die Augen kurz auf.

»Niemand da?«, fragte er.

»Doch, ich«, sagte das Mädchen April und kicherte, »wie sind Sie reingekommen? War nicht zugesperrt? Heute ist nichts los? War da nicht einer, als ich reingekommen bin? Ich bin mir sicher, ich habe jemanden gesehen.«

»Cocktail?«, fragte das Mädchen April.

»Für mich einen Whisky, aber ohne den Firlefanz, diesen Saft da.«

Sie mixte die Getränke. Es dauerte eine Weile, bis sie wieder am Tisch auftauchte.

Cremer nahm einen Schluck, fingerte zwei Gauloises aus dem Päckchen, steckte sie dem Mädchen zwischen die Lippen und schlug sein Feuerzeug an. Sie war jünger als in seiner Erinnerung. Nicht geschminkt. Sie zog an den Zigaretten und gab Cremer eine zurück.

»Alle sagen April zu mir.« Sie sah durch ihn hindurch. »Alle diese Verbrechen geschehen nachts. Ich verstehe es selber nicht, ich konnte mich überhaupt nicht beruhigen. Blut. Alles voller Blut. Es tut mir leid, nein? Es tut mir gar nicht leid. Ich habe sie nie wiedergesehen. Rate mal, warum ich so glücklich bin?«

Cremer schüttelte bedächtig den Kopf, dann zuckte er mit den Schultern. »Du solltest jetzt schlafen. Erzählst mir ein anderes Mal deine Geschichte.«

»Weil meine Haut so weich ist, und weil ich so schön bin«, sagte sie und obwohl sie ihn jetzt ansah, hatte er das Gefühl, dass sie weit weg war. Sie legte sich wieder auf die Couch und zog eine Decke über sich.

Am liebsten würde er ihr RO-41038 oder G-2235 durch die Venen jagen oder ihr eine Distickstoffmonoxid-Maske über den Mund ziehen. Keiner quält sich gern. Er war nahe dran, die alten Nazi-Methoden zu vermissen. So kamen sie alle schnell zu Antworten. Setzten sie doch eh alle ein. Die Roten, die Braunen, die Schwarzen, auch die Asiaten bedienten sich der Chemie.

Als hätte das Mädchen April mit ihm ein Nachsehen, begann sie wie in Trance zu phantasieren: »Er brät sie. Als wären es Steaks. Jetzt bin ich an der Reihe … Ist ja gut, ist ja gut, atme … ich muss mich beruhigen … schau dir die Köpfe an, die Köpfe an der Wand … die Köpfe an der Wand … er brät sie vorher, Liesi, er brät sie … nicht nur sein Wolf, er tut es selbst … der Wolf kriegt die Reste, die Knochen …« Sie atmete heftig. »… gurgelnde Geräusche … sie hängt an einem Strick … er taucht seine Finger in die Wunden … er schreibt Schwein an die Wand.«

»Wer schreibt Schwein an die Wand?«

Das Mädchen begann am ganzen Körper zu zittern. Sie schrie, stöhnte, schlug die Augen auf und erschrak, als sie Cremer sah.

Er gab ihr einen Schluck von seinem Whisky. »Besser so?«

Sie nickte und nahm noch einen Schluck.

Das Mädchen April schüttelte heftig den Kopf: »Ich … ich weiß nicht … es ist so dunkel und so hell…«

»Du wirst jetzt schlafen. Ich komme wieder.«

»Nein … ja, ja er war's …«, sagte sie.

Von seinem Dienst-Mercedes betrachtete er die trostlose Fassade der Bar du Tonkin. Namen besaßen keine Bedeutung mehr. Sie sagten Hans zu ihm, aber wer dachte noch an Johannes dabei, wer wusste noch, wer Johannes war? Wie er zu seinem Herrn stand, dass der Herr sein Haupt auf die Schulter seines Jüngers legte und sich geborgen fühlte, wer wusste das noch?

Cremer schaltete die Scheibenwischer ein. Es begann zu regnen. Krüger hatte nichts von einer zweiten Mädchenleiche gesagt, es war Rauff, der ihn informiert hatte.

»Übrigens, Nevada leitet die Ermittlungen«, hatte Rauff gesagt.

»Dann bin ich draußen?«, hatte Cremer gesagt.
»Offiziell … offiziell«, Rauff hatte ein Auge zugekniffen.
In einer Stunde würden sich die Regentropfen in Schneeflocken verwandeln und die graue Welt weiß.

Bittere Tränen

Ein giftiger Dunst lag über dem Wasser. Von Ferne schimmerte ein schwaches Leuchten in den Hafen von Rheinstadt. Eine trostlose Düsternis lastete auf der Stelle, an der am Vortag eine zweite Wasserleiche entdeckt worden war. Aus der graugrünen Tiefe tauchte ein Schlauchboot auf. Es näherte sich der Markierungslaterne vor der kleinen Rheinbrücke. Eine Gestalt sprang an das mit Granitplatten befestigte Ufer. Die Marinemütze und die lange Lederjacke glänzten feucht im trüben Licht einer Laterne. Der Mann ergriff das Ruder und schlug die Laterne aus, dann sprang er zurück ins Schlauchboot. Er ruderte unter die Steinbrücke hindurch, kauerte sich im Boot nieder und wartete. Er wartete auf nichts Bestimmtes, auch wenn ihn eine schwache Hoffnung umtrieb, er könnte mit dem Mörder des jungen Mädchens, das sie an dieser Stelle aus dem Rhein gefischt hatten, zusammenzustoßen. Ein junges Mädchen. War es Marie? Marie?

Er saß in einem schlingernden Boot unter der Steinbrücke und lauschte in den Nebel, bis ein schwaches Motorengeräusch allmählich stärker wurde. Ein Kahn mit Außenbordmotor näherte sich. Das Geräusch erstarb auf einmal, jetzt glitt der Kahn lautlos auf das Ufer zu. Der Mann im Schlauchboot rieb sich über das Gesicht. Er fühlte die Narben.

Müller sprang aus dem Kahn und machte ihn an der zertrümmerten Markierungslaterne fest. Er bewegte sich gebückt vorwärts.

Mit ihm hatte der Mann im Schlauchboot nicht gerechnet, nicht mit dem Poeten. Kehrte hier etwa der Mörder an den Ort der Tat zurück? Oder war da einer gekommen, um zu trauern? Einer, der nicht verstand, was geschehen war. Geräuschlos stach der Mann das Ruder in das seichte Wasser und drückte es gegen das Ufer. Er zog das Schlauchboot auf die Böschung hoch. Mit einer knappen Bewegung rückte er die blauschwarze Marinemütze zurecht und zog einen Revolver. Er trat vor Müller, zeigte sich und die Waffe.

»Knie nieder und bete. Deine Zeit ist gekommen.«

»Wa…?« Müller, der den Mann aus dem Hinterhalt erst jetzt bemerkte, erstarrte.

»Vergiss es, es nützt dir nichts. Knie nieder. Es ist Zeit für die letzte Reise.«

Müller fiel auf die Knie und jammerte, er zitterte und flehte.

Auch Soldaten durften weinen, auch Soldaten durften schreien. Er drückte Müller den Revolver gegen die Stirn. »Mach deinen Frieden mit dir, mit Gott, mit wem auch immer.«

Müller kauerte im Sand. Am ganzen Körper flatternd wie ein Wellensittich. Er schrie kaum Verständliches: »… verwundet auf Afrikas Ebenen, und die Frauen … sie kommen … kommen, um dich in Stücke zu schneiden … du rollst dich zu deinem Gewehr … trittst ab wie ein Soldat … wie ein Soldat … warum ich … warum nur ich?«

»Das musst du wissen.«

Der Mann schoss.

Die Kugel traf Müller mitten in der Stirn.

Heimsuchung

»Man sagt, wenn man lange genug auf das Meer hinausschaut, stiehlt sein Geist einem ein Stück der Seele.« Colmar war an jenem Morgen nichts Besseres eingefallen, um die Frau auf dem Deck anzusprechen. Die Amapala war auf dem Weg nach Indochina gewesen. Außer den Legionären, die zur Ier REC's Ier Group d'Escadrons stoßen sollten, befanden sich einige Zivilisten an Bord. Die Frau stand an der Reling und der Wind wehte ihr den Schal vors Gesicht. Ihr schienen seine Worte zu gefallen. Das Meer war hell und klar, eine unendlich scheinende Wasserfläche.

Sie hatte seinen Arm berührt, aber nichts gesagt.

»An solchen Tagen reicht der Blick bis ins Innerste der Seele«, hatte er lächelnd hinzugefügt, als glaube er selbst nicht, was er da von sich gab. Er hatte es irgendwo gelesen, vor langer, sehr langer Zeit.

Vom Zwischendeck stieg gedämpfte Musik und leises Lachen zu ihnen hinauf. Die Legionäre sahen Filme aus Hollywood auf einem an das Holz genagelten großen Laken.

»Am Ende der Reise wartet der Tod«, hatte sie schließlich geantwortet. »Der Tod wartet auf Sie und Ihre Kameraden.«

Colmar hatte lachen müssen. »Der Tod wartet schon lange auf mich. Er gewährt mir immer wieder Aufschub.«

»Dann haben Sie viel Glück gehabt.« Sie hatte ihm endlich einen Blick geschenkt.

»Verraten Sie mir Ihren Namen, bitte. Nur Ihren Namen, damit ich mich an etwas erinnern kann.«

»Ava«, hatte sie gesagt, »ich heiße Ava.«

Mehr hatte sie nicht verraten. Nicht, wo sie lebte und wohin sie reiste. Aber sie war in Begleitung.

»Ein Diplomat, ein guter Freund«, hatte sie Colmar später in Algier erzählt, als er gerade aus Indochina zurückgekehrt war. Ausgebrannt und doch noch nicht des Legionslebens überdrüssig. Sie hatten sich zufällig am Hafen getroffen. Ava hatte nach jemandem Ausschau gehalten, der dann nicht kam. Sie hatten in einer Bar etwas getrunken und schließlich die Nacht miteinander verbracht.

Colmar war von Anbeginn an von Ava fasziniert gewesen. Sie war keine klassische Schönheit, sie hinkte ein wenig. Aber in ihren Augen lag ein Wissen von der Welt, in der ihr nichts Menschliches fremd zu sein schien. Keine Gelüste, keine Freuden, kein Rausch, keine Trauer, kein Schmerz.

Colmar war über sich selbst verwundert, wie offen er mit ihr über seine Erlebnisse in der Legion hatte reden können. Das war zwar nicht oft und schließlich schien es sie dann doch zu langweilen. Etwas hatte sich verändert. Und erst da wurde ihm bewusst, wie stark er sie begehrte, wie vernarrt er in sie war.

Nacht für Nacht lag Colmar auf der Überfahrt nach Marseille in der engen Koje, stierte auf seine Stiefel, den schweren Revolver auf der Brust.

»Ava. Ava.«

Er war sich sicher, dass Prinz ihn niedergeschlagen haben musste, als der Schuss im Hotelzimmer fiel. Als er aufgewacht war, sah er überall Blut. Er war sich sicher gewesen, dass Ava

Prinz erschossen haben musste. Dass sie das getan hatte, wozu er eigentlich in der Lage hätte sein sollen. Er hatte sie in ganz Algier gesucht. Und plötzlich war die Möglichkeit aufgetaucht, dass nicht Ava Prinz, sondern Prinz Ava erschossen hatte. Vielleicht hatte er sie auch nur schwer verletzt und lebte noch. Er klammerte sich an diese Vorstellung. Als er Prinz beim Korsen sah, gab es keine Möglichkeit, sich ihn vorzuknöpfen. Unerreichbar für seine Rache.

In der letzten Nacht nahm er eine Spinne ins Visier, die über ihm Fäden spann. Sie war auf Beute aus. Über die Wand kroch eine Fliege auf sie zu. Colmar hielt still, selbst als sie die Richtung änderte und über seinen Unterarm krabbelte. Als sie aufflog, fing er sie im Flug und zerquetschte sie mit der linken Hand. Die rechte hatte er mit dem Revolver auf die Spinne gerichtet. Als er einschlief, brannte noch eine Gitane zwischen seinen Lippen. Der Stummel fiel auf seine Brust und verglühte. Er wachte nicht davon auf.

In der Dunkelheit kam er in Paris an. Er verließ das Hotelzimmer nur nachts. Wenn das Tuckern der Dieselmotoren im Hof zu ihm heraufdrang, wenn sich das Brummen der Nebelhörner auf der Seine mit dem öligen Geruch in den Gassen, mit dem Schlagen der Wellen am Ufer zu einem quälenden Missklang mischte. Nur Tagsüber fand er Schlaf. Schreckliche Träume überschatteten ihn.

Er hatte in der Compagnie der Dahariennes portées der Legion gedient. Sie waren mit Patrouillen-LKW und kleinen gepanzerten Fahrzeugen ausgestattet gewesen, um die transkontinentalen Straßen und die an ihnen liegenden Oasen abzusichern. Sie hatten sich wie Nomaden bewegt. Manchmal fühlten sie sich wie echte Einheimische, wie die Söhne der Wüste. Wenn es ihnen gefiel, ritten sie zu Pferde. Sie trugen den mitternachtsblauen Burnous, einen weißen Kasack, sehr weite weiße Serouals, Nagelsandalen und natürlich das Képi, rot befranste Epauletten und blaue Schärpen. Auf der Wache waren sie mit dem Säbel M 1922 ausgerüstet. Sie führten sich wie die wahren Herren der Wüste auf. Sie hatten alle Nationalitäten in ihren Reihen. Deutsche aus Ost und West, natürlich die Ehemaligen, die Waffenträger des Großdeutschen Reichs. Selbst Söhne der Wüste und Berber.

Die Aufständischen hatten händeringend nach jeder Art von Bewaffnung gesucht. Vor allem hatten sie Bedarf an leichten Handfeuerwaffen. Es war die Gelegenheit gewesen, Geld zu machen. Sie wollten ihn in Diamanten bezahlen. Er sollte im Gegenzug die übervollen Depots plündern. Er schmierte den Waffen-Unteroffizier, einen ehemaligen Bomberpiloten. Schnaps und alt gewordene arabische Huren waren die Währung.

Er bekam Fieber. Hohes Fieber. Sein Körper glühte. Das Fieber stieg. Er wurde krank.

Krank im Kopf. In seinen Fieberträumen erschien ihm Ava. Sie breitete die Arme aus und über ihre nackten Brüste rann Blut. Sie schien zu schweben und winkte ihn zu sich.

Nacht für Nacht streifte er in der Stadt umher und forschte in den Kaschemmen nach Prinz. Wer kannte ihn? Wer wusste, wo er sich aufhielt, wo er untergekrochen war? Er musste ihn finden, um von ihm zu hören, was mit Ava geschehen war. Hatte er sie erschossen, war sie tot? War sie vor ihm geflohen oder war sie gar mit ihm unterwegs? Er hatte viele Fragen. Doch er bekam nur Hinweise, die zu nichts führten, hörte aber so manches über den Korsen und seine Organisation, über seine Mittelsmänner und Verbindungen. Hatte Ava mit diesen Leuten in Kontakt gestanden?

Das Wetter schlug um. Die Schneeflocken vor dem Fenster fielen träge, nass und schwer, verwandelten sich allmählich in Regentropfen. Colmars Blick trübte sich, die Häuser auf der Straßenseite gegenüber verloren an Kontur. Es war an der Zeit. Er hörte, wie der Regen auf die Zinkdächer klatschte. Durch das Fenster drangen bunte Blitze einer Neonreklame. Sie tauchten das Zimmer in ein nervöses, abwechselnd grüngelbliches und rotbläuliches Halbdunkel. Wenn die Neonlichter im Rotgelben für einige Sekunden hängen blieben und nicht gleich ins Blau oder Grün sprangen, badete das Zimmer für wenige Augenblicke in Bernstein und verlor seine Armseligkeit.

Ein morphiumsüchtiger Deserteur steckte Colmar eine Adresse zu. Es war eine Absteige im Viertel der École Militaire. Hier gab es keine Bäume und keine breiten Boulevards. Das Haus erreichte man über einen Hinterhof. Der metallene Türdrücker war in der Form eines erigierten Penis geschmiedet, an dem ein dicker Hodensack hing. Ein hübscher, arabischer Junge öffnete ihm.

Männer und Frauen räkelten sich auf mit orientalischen Decken überzogenen Liegen. Pfeifen lagen auf chinesischen Tischen. Ein bittersüßer Geruch schwelte im Raum und paarte sich mit dem monotonen Rhythmus östlicher Musik.

Niemand kümmerte sich um ihn. Er prägte sich jede Einzelheit ein, war auf der Hut. Hier sollte Prinz sich gelegentlich vergnügt haben.

Eine dunkelhäutige Tänzerin machte ihm ein Zeichen. Er folgte ihr in das Zwielicht verschlungener Flure. Über eine steile Steintreppe gelangten sie auf eine geräumige Galerie. Von dort führte sie ihn in ein kaltes Zimmer und ließ ihn allein. Er nahm auf einem schäbigen Diwan Platz. Durch eine Öffnung in der Außenmauer drang kühlfeuchte Luft. In einem Alkoholkocher schmorte eine schwarz glänzende Kugel. Er griff nach einer bereitliegenden Pfeife. Musik dröhnte durch den gefliesten Boden, aber er konzentrierte sich nur auf das Knistern des Opiums in der Flamme. Der Rauch brannte in seinen Lungen. Als er eine der Tänzerinnen bemerkte, stand sie bereits dicht neben ihm.

»Was ist das für ein Zeug?«, fragte er. »Das ist viel zu stark.«

»Das ist Afrika …«, sagte sie. Er lachte bitter.

»Afrika. Afrika …!«

… Der Zeitpunkt der Übergabe an den Korsen war fest vereinbart. Zwischen dem warmen Tief über dem Mittelmeer und einem kalten Hochdruckgebiet über dem Gebirge hatte sich ein starkes Luftdruckgefälle gebildet. Ein schneidend kalter Wind wehte.

Colmar und seine beiden Kameraden kauerten in einer Felsspalte, hatten einen guten Blick über die Senke. Sie war übersät mit Macchiagebüsch, Wacholder und krüppligen Kiefern. Es hatte verführerisch nach Thymian und Rosmarin gerochen. Aus weiter Ferne war abgerissen das Geheul einer Hyänenmeute zu vernehmen. Das Zirpen der Zikaden, die hinter jedem Stein ein Nest zu bevölkern schienen, beruhigte.

Colmar wartete. Sie hatten die Ware gut sichtbar aufgebaut. Die aus dem Depot gestohlenen Waffen waren in Kisten aufgereiht.

Sie kamen urplötzlich herangerast. Drei Armee-Jeeps mit aufgepflanzten, schweren MGs. Sie schossen mit Sprenggranaten und Tränengas. Sie warfen Molotow-Cocktails. Das brennende Benzin fraß sich in die Uniformen der Legionäre wie Napalm. Eine Flasche traf Colmar am Hals und zerbarst. Er stand in Flammen, er schrie. Er warf sich zu Boden und wälzte sich im Sand. Er fuhr mit den Händen durch die noch brennenden Haare. Ein Duft wie aus der Hölle hüllte alles ein. Der

Korse, war sein letzter Gedanke, bevor er das Bewußtsein verlor. Der Korse und seine Männer. Prinz …

Als er in dem Pariser Etablissement erwachte, war die Tänzerin verschwunden. Neben ihm lag nur ein zusammengeknülltes Stück Papier.

Eine Nachricht. Ein Treffen. In zwei Tagen.

Unzählige, sternförmige, weiße Blüten bedeckten den Boden. Der Grabstein war grob geschliffen und nach oben abgerundet. Cimetière de Saint-Vincent. Colmar besuchte *Johann Meiers … 1902–1949.* Den Stein der Erinnerung zierten nur der Name und die Jahreszahlen. Zwei Zeilen, gehauen in einen Klotz aus Beton. Colmar salutierte.

Er hatte ihnen vieles beigebracht: das Gute wie das Böse.

Glaubte er an Erlösung?

An das Jüngste Gericht?

»Es muss eine Erlösung geben …«, flüsterte er, bevor er sich zur Brücke aufmachte, »ein Gericht. Ein Strafgericht.«

Immer wieder hatte er sich verkrochen.

Hatte versucht die Erinnerungen auszulöschen.

Er hatte sich einen Grabstein errichtet.

Er war in das Reich der Toten geflohen.

Sie sollte ihn vergessen.

Die Holzbrücke führte in einer sanften Kurve in den Eingang der Gleise zum Gare d'Austerlitz. Auf einem schmalen Steg neben den Metro-Gleisen trafen sie sich. Colmar hielt die rechte Hand offen nach oben gestreckt, die linke ebenso. Prinz sollte sehen, dass es ihm ernst war. Es sollte ein faires Duell werden.

Ein Schuss fiel.

Colmar zuckte zusammen und drückte die rechte Hand an die Brust. Er spürte einen beißenden Schmerz im Unterarm. Und an der linken Seite. Er schwankte und fiel. Ein dritter Schuss streifte ihn an der Schulter, und als er sich auf dem schmalen Holzsteg zusammenkrümmte und den letzten Schuss, der ihm den Garaus machen sollte, erwartete, sah er keine Bilder, er sah keinen Film, er sah rein gar nichts. Wo waren sie, die in hundertstel, in tausendstel Sekunden vorüberrasenden Bilder, die den Tod einläuten sollten? Wo war der Film, der vor der Geburt begann, mit der Kindheit und der Heimat und irgendwo im hohen Norden, vor Narvig, in den Gefangenenlagern, im Dschungel Indochinas, in der Wüste, in der Kasbah von Algier? Irgendwo musste er enden. Dann sollte es auch aus sein.

Doch es tat sich nichts.

Prinz lief weg. Aufgescheucht von Passanten, die auf Colmar zueilten. Er richtete sich mühsam an dem eisernen Brückengeländer auf. Er schleppte sich an der Brücke entlang, den Steg hinunter, zog den Revolver und setzte Prinz drei Schüsse hinterher. Alles verschwamm zu einer milchigen, einer undeutlichen Szene, in der er nichts erkennen konnte. Ihm wurde schwindlig. Er wurde langsam. Er stützte sich am Geländer ab. Jetzt kniff er die Augen zusammen und fand keinen Halt.

Wo war er? Wo war Prinz?

Seine Hand verkrampfte sich.

Der Revolver fiel zu Boden.

Colmar brach zusammen. In einem Gebüsch, wo sie ihn nicht finden würden.

Tage später lag er von einem Tierarzt zusammengeflickt auf dem Bett, hörte Trommeln, rauchte und schaute den Wirbeln nach, wie sie tanzten, sich auflösten. Am Kopfende des Betts hing ein querformatiger Spiegel in einem protzigen, goldbronzierten Rahmen. Der Morgen hatte die Farbe dunklen Bleis angenommen. Draußen regnete es wieder. Der Regen wurde dichter und dicker. Wie schweres Öl klatschten die Tropfen gegen die Scheibe. Colmar stolperte zwischen den engen, mit bunten Blumenbildchen tapezierten Wänden hin und her. Wie ein Tiger im Käfig fand er keine Ruhe.

Die Schusswunde am seinem linken Oberarm heilte allmählich. Brand, Eiter, das Übliche und dieser widerwärtige Gestank. Er wechselte den Verband sorgfältig. Der Veterinär hatte sich Mühe gegeben. Es war eher ein Jucken als ein Schmerz. Die übrigen Blessuren waren zu vernachlässigen. Was in Algier geschehen war, war weitaus grausamer gewesen. Die Granaten hatten nicht nur Haut und Fleisch verbrannt. Sie hatten die Nacht in den Tag verwandelt.

Lang ausgestreckt lag er auf dem Bett, rauchte und wartete auf die Nacht. Die Stille zäh und geschmeidig wie Fett, wie weiches Fleisch. Sein Herz blutete. Ava verschwunden, vermutlich tot. Jedenfalls unauffindbar für ihn. Sein Geist gespalten. Das Gesicht verbrannt. Er geriet in dasselbe Fahrwasser, in das Abwasser, schlug aus, sah auf die blutende, von Scherben zerschnittene Hand, sah zum zersplitterten Spiegel.

Draußen in den Straßen bellte ein Hund. Er kam offenbar näher. Jetzt war ein Winseln zu hören.

Äderchen waren in Colmars rechtem Auge geplatzt, zeichneten sich jetzt in zarten, zackigen Mäandern blutig auf dem gelblichen Weiß ab. Der kräftige, fast schwarze Schnauzbart wucherte über die Oberlippe. Sein gescheiteltes Haar trug er halblang, an den Seiten zurückgekämmt und mit englischer Pomade gefestigt. Das Glasauge war ein meisterhaft gefertigtes Teil. Das Weiß etwas gelblich, das Blau mit einem Stich in gewöhnliches Grün. Er streifte das Lid über das kalte Auge.

War er das? Sollte er es sein?

Er griff nach dem Glasröhrchen mit der blauen Aufschrift, ließ fünf Pillen auf die rechte Handfläche rutschen und warf sie in den halb geöffneten Mund. Er drehte den Wasserhahn auf, beugte sich vor und trank gierig. Das Wasser kühlte seine Hände, seinen Puls. Er schlug es sich ins Gesicht und spülte mit ein paar Schlucken nach.

Sie hatten sich in ihm getäuscht, sie hatten sich alle getäuscht. Er war das verlorene Gewissen der Welt. Er war es Nacht für Nacht.

Er wählte den blauschwarzen Lederanzug; die Jacke zweireihig mit den beiden Fünfer-Knopfreihen auf vier Knöpfe geknöpft, die Hose hatte eine breite Klappe statt des Schlitzes und war bis auf beide Oberschenkel mit Velours gefüttert. Seine Füße steckten in derben schwarzen halbhohen Schuhen mit Stahlkappen, Sohle und Absatz waren genagelt.

Die blaue Marine-Schirmmütze schimmerte schwarz. Er schob sie tief in die Stirn. Den Revolver steckte er in den Gürtel. Über die rechte Hand hatte er den zweiten Handschuh gezogen, er saß wie die eigene Haut. Perfekt. Er spannte nicht wie an der linken, der vernarbten Hand. Die anthrazitfarbenen Glattlederhandschuhe, die er am Handgelenk mit je einem Druckknopf schloss, hatten den Krieg überdauert. Er sah auf die Handschuhe, sah auf seine Hände.

Er griff nach dem kastanienhölzernen Spazierstock mit dem Sterling-Silberring und verließ das Zimmer.

Er hatte noch viel vor.

Befehl ist Befehl

Sie hatten ihn am Hafen aufgegriffen. Er hatte randaliert. Rauff und ein Uniformierter hatten ihn aufs Revier geschleppt. Er hatte mit einer Kanone rumgefuchtelt, Passanten belästigt, einen verwirrten Eindruck gemacht. Rauff informierte das LKA. Den Verdächtigen platzierten sie auf einem einsamen Stuhl mitten im Raum. Er schwitzte, roch nicht gut. Die Angst roch nie gut.

Rauff wollte auf Nevada warten. Den Verdächtigen ließ er im eigenen Saft schmoren. Der Mann beruhigte sich langsam, aber der Schweiß rann ihm in den Hemdkragen hinunter. Den gelben Seidenschal hatte er aufgeknotet. Die Lederjacke hing über dem Stuhl.

»Ich bin Kommissar Rauff von der Polizei Rheinstadt«, begann Rauff, »Wachtmeister …«, er zeigte auf einen Uniformierten.

»Venner«, antwortete der Beamte.

»Wachtmeister Venner. Unerlaubter Waffenbesitz, Randalieren, Bedrohung von Passanten, da kommt einiges zusammen. Wir werden jetzt Ihre Personalien aufnehmen.«

Der Mann war erregt. Er sei der Prinz, sagte er mindestens drei Mal. Sie könnten ihm gar nichts. Er wolle telefonieren.

Als die Tür des Vernehmungsraumes aufgestoßen wurde, erwartete Rauff Nevada, doch Cremer stürzte herein. Der BGS-

Mann drängte sich am Wachtmeister vorbei. »Bin schon seit Tagen hinter dem Kerl her.« Er baute sich vor dem Verdächtigen auf. »Dein Laden scheint gut zu laufen. Was kostet denn so eine amerikanische Maschine?« Er trat hinter den Stuhl und fasste Prinz an den Schultern.

»Hauptmann Cremer«, sagte Rauff. »Wir haben Kommissar Engel vom LKA hinzugezogen. Wir erwarten ihn jede Minute.«

Cremer riss Prinz am Hemdkragen hoch, sodass die Knöpfe absprangen. »Wie viele Mädchen versteckst du denn so? Die sind doch alle Minderjährig, oder? Was hast du mit Liesi angestellt?« Mit beiden Händen schlug er ihm stumpf auf die Ohren und mit der rechten Faust brach er ihm das Nasenbein, als der Kopf in den Nacken kippte. Rauff fiel Cremer in die Arme und hielt ihn zurück, während Prinz auf seinem Stuhl zusammenklappte. »Wo ist sie? Finden wir sie demnächst auch im Fluss?«

»Halt dich zurück.« Rauff klopfte Cremer auf die Schulter und hielt ihn am Oberarm fest, als Nevada, der eine kamelhaarfarbene Strickjacke mit dickem Zopfmuster zur Uniformhose trug, in der Tür auftauchte. Seine mit Schlangenleder besetzten Cowboy-Stiefel hatte er nicht vergessen.

»Kriminalhauptkommissar Engel vom LKA«, sagte Rauff, »dann können wir ja anfangen.«

»Das ist mein Mann …«, sagte Nevada zu Cremer.

»Dein Mann …?«, fragte Cremer.

»Deine Zuständigkeit endet vor der Tür.« Erwiderte Nevada kühl. »Rauff, schmeiß den Kollegen raus, er hat hier nichts zu suchen. Beschwer dich bei Krüger, aber der hat hier auch nichts zu sagen.« Ganz so sicher schien sich Nevada seiner Sache nicht zu sein. Sich mit Krüger anzulegen, konnte nach hinten losgehen.

Dicht vor Nevada blieb Cremer stehen. »Auf deinem Revier gibt das LKA den Ton an, da fragt man sich doch, wie's kommt?

Wenn du so weitermachst ...«, richtete er seine letzten Worte an Nevada, so leise, dass niemand es außer ihnen hören konnte: »... bist du zum Abschuss freigegeben. Ich mache dich fertig. Dann bist du kein Engel mehr.«

Cremer drängte sich an ihm vorbei aus dem Büro.

Cremer parkte den Benz direkt vor der Telefonzelle. Er ging zum Imbisswagen, rieb sich die Hände und bestellte eine Rindswurst ohne Senf.

»Ein Brötchen darf's aber noch sein, dazu, meine ich.« Die Kioskbetreiberin lachte: »Die Uniform steht Ihnen gut.«

Cremer lachte nicht, ihm war nicht nach Schäkern zumute, die Auseinandersetzung mit Nevada steckte ihm noch in den Knochen. Er war so nahe dran gewesen und dann kassierte Nevada den Zuhälter als seinen Mann, als sei er unantastbar. Er musste Krüger einschalten, auch wenn er es ungern tat. Wollte Krüger überhaupt, dass der Fall aufgeklärt würde? Oder war das alles nur eine Farce. Er, Cremer, als Sonderermittler von Kommandeurs Gnaden. Oberst Krügers Geheimwaffe.

»Hauptmann, nicht?«, fragte die Frau und griff mit der Zange nach einer heißen Rindswurst.

Cremer begriff erst nicht, dann sagte er: »Nein, ja, ich meine, Hauptmann ja.« Die Kioskbetreiberin und hielt ihm die Wurst vor die Nase.

Er hatte Krüger vom dem Präsidium aus nicht erreicht. Man hatte ihn verleugnet, behauptet, Krüger sei in einer Stunde wieder da. »Zwei«, sagte Cremer, »heute habe ich Hunger auf zwei Rindswürste. Und bitte mit einer Scheibe von dem Roggenbrot.«

»Zu Befehl«, sagte die Frau, »so viele, wie Sie wollen. Ich muss Ihnen ja nicht sagen, dass Sie vorsichtig sein müssen, das Fett spritzt, wenn Sie reinbeißen. Schade um die Uniform.«

Cremer legte das abgezählte Münzgeld vor sie hin, nickte ihr freundlich zu und ging zur Telefonzelle.

»Ich habe kaum Kleingeld«, sagte Cremer umständlich, als die Verbindung stand, »ich muss schnell machen … also: Sie haben die Mädchen verschnürt und aufgezogen, bis unter die Decke. Sie haben sie gequält. Mehr konnte ich aus der Kleinen im du Tonkin nicht herausholen. Es scheint da im Umfeld der Bar ein paar Männer zu geben, die auf abartige Sachen stehen.«

»Jetzt mal halblang«, unterbrach Krüger ihn, »wer organisiert das alles, das muss ich schon genauer wissen.«

»Ein Korse und seine Helfer, dieser Zuhälter Prinz und Nevada, der ihn deckt, sich von denen bezahlen lässt. Rauff hatte Prinz verhaftet, bis Nevada kam. Ich weiß nicht, was dann … sie haben mich rausgeschmissen, wie einen …«

»Sie, sie, schon wieder sie … Cremer mach eine anständige Meldung, sonst schmeiß ich dich raus.«

»Rauff, Nevada, es war Rauffs Revier.«

»Ich kümmere mich darum. Vergaloppier dich nicht, du darfst nicht so hitzköpfig sein.« Krüger tat gelassen und unbeteiligt. »Man bricht einem nicht gleich das Nasenbein.«

»Sie haben die Mädchen gequält und dabei gefilmt. Die Mädchen haben sie erstickt und erwürgt in den Seilen.«

»Sagt wer?«

»Das Mädchen April.«

»Ist das nicht die, die nicht ganz bei Trost ist?«

»Ich habe ihre Aussage. Die Leichen haben sie in den Rhein geschmissen oder in der Schweiz in einem Waldstück nahe der Grenze entsorgt.«

»Das Mädchen war dabei? Und es lebt noch?«

»Sie hat davon gehört. Sie ist glaubwürdig.«

»Ein Mädchen aus der Bar, sagst du? Hörensagen, Cremer, Hörensagen. Da kommen wir nicht weit mit. Und wo findet das statt?«

»Eine Autowerkstatt im Hafengebiet dient als Filmstudio … wenn Nevada da mitmischt …«

»Cremer, du kümmerst dich jetzt einzig und allein um Boxsport-Süd. Das ist ein Befehl. Da will ich Ergebnisse sehen. Um die Mädchenleichen soll sich das LKA kümmern. Wir machen uns da nicht die Finger schmutzig.«

Cremer atmete hörbar.

»Cremer«, unterbrach ihn Krüger, »Cremer, das ist ein Befehl! Verstanden?!«

Cremer legte auf.

Massaker

Der Leutnant der Feldgendarmerie lehnte an dem Bretterverschlag des Geräteschuppens, der als Unterstand und Kantine diente, und zog nervös an der Zigarette. Nach ein paar Zügen warf er sie weg. »Schmeckt heute nicht.« Er sah auf seine Stiefelspitzen. Die Zigarette verglühte. Er spuckte aus, traf aber nicht. »Ist sowieso alles bald vorbei.« Er sah abgekämpft aus. Sein Gesicht war merkwürdig schmal, wie von einem Schraubstock gepresst.

»Das sind alles Fahnenflüchtige«, meinte der Oberleutnant zur See. »Was wir tun, ist Selbstschutz. Wenn die Stellung nicht gehalten wird, bricht alles zusammen. Was wir tun, ist durch Führerbefehl gedeckt.«

Der Leutnant der Feldgendarmerie spuckte erneut aus.

Die letzte Offensive einer bereits geschlagenen Armee war im Hochschwarzwald nahe der Schwäbischen Alb in einem strengen Winter stecken geblieben. Keine Munition, kein Treibstoff. Die feindlichen Flugzeuge rieben die zurückströmenden Flüchtlinge und Kompanien auf. Ein Massaker. In eine kopflose Menge von Fußgängern, von berittenen Batterien, von die Straße verstopfenden Vehikeln, flüchtenden Fremdarbeitern, Häftlingen und Bauern fielen Bomben und brachten nichts als Tod und Panik. Die Menschen flüchteten in die Felder, von mit MGs ausgerüsteten Tieffliegern verfolgt. Pferdekadaver, zerbrochene Heuwagen, Fässer, Stroh, Matratzen versperrten den Weg.

Eine Panzereinheit hatte französische Gefangene gemacht, die sie nicht weit von Sigmaringen einer Einheit aus versprengten Fallschirmjägern, Marinesoldaten und Angehörigen der Waffen-SS übergab. Ein Korvettenkapitän weitab vom Meer befehligte den zusammengewürfelten Haufen. Mit steifen Schritten marschierte er über das Feld und brüllte Kommandos. Die Soldaten trieben die Gefangenen zusammen. Es waren hundertunddreizehn zum größten Teil sehr junge Kolonialsoldaten. Sie sollten sich in geordneten Kolonnen südöstlich von der Front wegbewegen. Es dauerte einige Zeit, bis sie es begriffen, dann setzten sie sich mit erhobenen Armen in Bewegung.

Der Korvettenkapitän hob die Hand zum Kommando und gab zwei Revolverschüsse ab. Die Feldgendarmerie feuerte so lange aus den Sturmgewehren, bis keiner mehr auf den Beinen war. Die Halbtoten wurden mit einem Gnadenschuss erlöst.

Auf halber Strecke kam ihnen ein tarngrüner Maybach entgegen. Ein Marine-Zahlmeister in einem olivgrün-braunen Tarnoverall mit umgeschnalltem Pistolengürtel und übergroßen, silbrig blinkenden Schulterstücken kletterte mühsam heraus und drückte eine zu enge Feldmütze auf das stiernackige Haupt. Er nickte den Offizieren zu.

Am Abend gab es im Feldlager ein kleines Fest. Der feiste Marine-Zahlmeister holte seine Ziehharmonika aus dem Feldgepäck und sang dazu.

Die Blutspur

Colmar zurrte das Schlauchboot an der Anlegestelle hinter dem Hotel fest, griff nach dem kastanienhölzernen Spazierstock und sprang ans Ufer. Der Peugeot 404 stand auf dem Parkplatz an der Uferstraße. Er erreichte den Wagen in wenigen Minuten und schloss die Fahrertür auf. Beim Einsteigen zog er den Ruger Vaquero. Er lag gut in der Hand bei 1.100 Gramm Gewicht, mit einer Länge von hunderteinundneunzig Millimetern. Auf dem vernickelten Lauf war die Inschrift *Gott mit uns* graviert, die Griffschalen aus Nussbaumholz mit einer Fischhaut versehen, darin eingelassen ein Medaillon mit einem persönlichen Wappen. Mit dem unvermeidlichen Linksdrall war er stets zurechtgekommen.

Als er die Waffe auf den Sitz neben sich legen wollte, vernahm er ein Murren, wie es Hunde von sich gaben, wenn sie auf sich aufmerksam machen wollten. Colmar stieg aus, immer noch den Colt in der behandschuhten Rechten.

Der Hund sah Colmar aus braunschwarzen Augen an und legte den Kopf leicht zur Seite. Sein zotteliges Fell triefte und er schüttelte sich. Colmar öffnete die Wagentür hinter dem Fahrersitz und sagte: »Du hast mir gerade noch gefehlt.«

Der Hund sprang auf den Rücksitz und rollte sich in die alte Schottendecke. Colmar zog den rechten Handschuh aus und warf ihn auf den Beifahrersitz. Er wendete nach fünfzig Metern und fuhr in Richtung Zollhafen. Die Bäume in den Alleen schwankten und wirbelten, als würden sie von einem unsichtbaren Sog ins tiefste Meer gezogen. Passanten duckten sich hinter Regenschirmen, viele gaben den Kampf auf und flüchteten in Hauseingänge und Passagen.

Fünf Minuten später bemerkte er zwei abgeblendete Scheinwerfer. Er drückte den rechten Fuß bis zum Anschlag des Gaspedals durch. Für einen Augenblick drehten die Räder auf dem Asphalt durch, dann schoss der Wagen die Hafenstraße hoch. Im Rückspiegel wurden die Scheinwerfer schwächer. Schnurgerade einen halben Kilometer bis zu den Zollgebäuden, rechts am dreistöckigen Backsteingebäude vorbei, links die Uferböschung hinunter, ein Eisengeländer und das dunkle Wasser des Rheins versperrten ihm den Weg. Er trat bei vollem Tempo auf die Bremse und riss den Wagen herum.

Vor der *Bar du Tonkin* parkte er vor dem Vorkriegsgemäuer im Schein einer einzigen Straßenlaterne. Im Eingang stand ein Mann in einem Regenmantel.

Die Bar selber war auf eine billige Art elegant. Keineswegs schmuddelig oder schmierig. Gedämpftes Licht, amerikanische Musik. Hinter der Theke eine Blondine. Colmar atmete schwer. Er lehnte sich an den Tresen, zu seinen Füßen der Hund.

»Ava?«, fragte er, »Ava?« Doch die Blondine reagierte nicht. Er versuchte, ihr in die Augen zu sehen. Sie schaute weg. Sie schaute zu der hinteren Ecke des Raumes, aus der ein großgewachsener Asiate auftauchte. Bullig, mit kurzen Armen, kugelköpfig auf einem langgezogenen Hals, die trüben Augen tief in umschatteten Höhlen.

»Ava«, versuchte es Colmar noch einmal. »Ava. – Gut, dann eben für mich einen Brandy, warm, ohne Eis.« Er sah zum Hund runter. »Und fünfhundert Gramm Tartar für meinen Freund.«

»Heidi«, sagte die Blondine jetzt, »ich heiße Heidi.« Colmar lachte ein irres Lachen. Lachte laut, sehr laut.

Der Asiate baute sich vor Colmar auf, wies auf den Hund und sagte ruhig: »Chien, non!«

Colmar wandte sich wieder der Blondine zu.

»Wir haben bestellt«, sagte er mit einem drohenden Unterton. »Wir verzehren, was wir bestellt haben, dann zahlen wir und sind weg.«

»Chien, non«, der Asiate ging an den Ecktisch zurück und setzte sich zu einer Gruppe von Männern. Zwei waren mit billiger Eleganz gekleidet, einer von ihnen war eher englisch gekleidet.

Colmar wandte sich an die Blondine: »Chien. Non, aufgeblasen wie ein … Und der daneben?«, versuchte Colmar seine Vermutung bestätigt zu bekommen. Die Frau antwortete nicht. Sicher ein Polizist. Einmal Polizist, immer Polizist, dachte Colmar, leerte sein Glas in einem Zug, legte drei Scheine auf die Theke und sagte: »Du erkennst mich nicht. Ich bin Jeff. Ich habe mich verändert, Ava.«

»Es tut mir leid. Sie müssen sich täuschen. Sie scheinen verwirrt zu sein.«

»Verwirrt? Ich?«

Der Hund schleckte sich das Maul.

»Und Marie?«, fragte Colmar.

»Marie? Hier gibt es auch keine Marie.«

»Danke«, sagte Colmar und wandte sich zum Gehen. Plötzlich aber drehte er sich um, hob die linke Hand, als habe er noch etwas vergessen. Mit steifen Schritten durchquerte er den Raum, griff wie in Zeitlupe mit der behandschuhten Rechten in seinen Rücken, zog die Waffe und schoss dreimal in die Decke. Eine Spiegelglaskugel zersplitterte.

Ein weiterer Schuss traf den Asiaten ins Wadenbein.

Er hielt in der Vorstadt im Norden, um den Revolver neu zu laden. Den Wagen parkte er unter einer eisernen Bahnbrücke. Er stieg aus, lehnte gegen die Wagentür und suchte in der Jackentasche nach dem Sturmfeuerzeug. Seine Rechte zitterte, in der linken Hand hielt er eine Gitane, sie tanzte vor seinen Lippen. Die hellweiße Mondsichel verschwamm vor seinen Augen. Er musste sich setzen. Er fiel in den Fahrersitz und versuchte ruhig zu atmen. Er war ein alter Mann und er benahm sich wie ein blutiger Anfänger.

Aus weit aufgerissenen Augen sah der Hund an ihm vorbei nach vorn, und Colmar glaubte, in seinem Blick so etwas wie Verachtung zu erkennen. Er vergrub sich auf dem Rücksitz in die muffelnde Schottendecke.

Und Colmar war allein.

Tiefe, dunkle Nacht. Ein sternenloser Himmel über schwarzen Tannen. Es war still. Kein noch so leiser Windhauch war zu spüren. Kein Baum, kein Astwerk knarzte unter überdehnter Spannung. Aber der Wald war nicht tot. Das Holz stand für einen kurzen Augenblick still. Wetterleuchten über dem Rhein. Über dem Strom und über der Stadt lag der Himmel wie Blut und wie Feuerzungen. Keine übereifrigen Figuren, keine Ehrgeizlinge, keine blöden Gesichter. Krüger sollte sich nur noch nachts in der Dienststelle aufhalten. Hier fielen ihm die Geschichten ein, passende Geschichten. Über Mädchenleichen, über Blutpäckchen aus dem Rhein.

In einem billigen Hotel, im Hafen, war ein etwa 30-jährigen Mann aufgefunden worden, erhängt im Kleiderschrank seines Hotelzimmers. Der Kopf war mit einer Bandage aus silber-grauem Klebeband umwickelt. Achtzehn Lagen. Luft hatte er nur noch durch einen Gummischlauch bekommen. Der Tote trug fünf Damenhöschen. Farbe Hellblau, vier Hüfthalter, einen Büstenhalter mit wassergefüllten Ballons, einen hellblauen Unterrock aus Kunstseide, darüber ein lindgrünes Frauenkleid. Die Hände steckten in rosa Gummihandschuhen. Er hing an einer um den Hals geschlungenen Gliederkette, die so kurz war, dass er den Schrankboden nur mit ausgestreckten Zehen berührte. Offenbar hatte er vor Eintritt des Erstickungstodes in die Schlüpfer ejakuliert. Es gab größere Tode, heroischere Tote. Bei aller Nachsicht. Er war ein lächerlicher Toter. Er hatte Selbstmord begangen. Ein Verbrechen an sich selbst. Krüger wollte nicht den Religiösen herauskehren, das überließ er anderen, aber er wollte auch nicht den Himmel provozieren.

Krüger riss einen Fidibus an und lutschte an einer dicken Zigarre. Er hielt sie gegen das Panoramafenster und betrachtete die rotgelbe Glut.

Er genoss es, in die Nacht hinein zu philosophieren. Wer dem Willen Gottes zuwiderhandelte, schloss einen Pakt mit dem Teufel. Wer das Leben eines denkenden Wesens beendete, bevor es an der Zeit war, beging eine Sünde. Der Tod, zur rechten Zeit, war etwas Natürliches. Etwas höchst Moralisches. Wenn Krüger jetzt die natürliche Ordnung zerstörte und seinen natürlichen Tod vorzeitig einleitete, beging er einen Frevel.

Eine Anmaßung, als Mensch die göttliche Ordnung anzutasten.

Rheinstadt, die roten Bollenhüten, die Kuckucksuhren, der zart geräuchte Speck, die Wassermühlen, die Rheinauen.

Müller war sicherlich nicht einer der begnadetsten Polizisten gewesen. Zu weich, zu verträumt, zu schwammig. Aber musste man ihn gleich wie einen räudigen Hund abknallen? Ein sauberes Loch in der Stirn.

Es blieben Cremer, Rauff, Nevada … die Franzosen … und der Mob. War Müller das Opfer einer Gorgo, die mit dem versteinerten Blick? Wenn es Medusa war, war sie sterblich, dann könnte man dem Morden ein Ende bereiten. Krüger goss sieben Finger breit französischen Weinbrand in einen vorgewärmten Schwenker ein.

Und er fragte sich: Wo bleibt die Moral?

Er dachte an einen Mann. Der völlig sinnlos tötete.

Es war niemand da. Außer ihm selbst.

Schall und Rauch

Biague war müde. Das Telefonat hatte ihn erschöpft. Er wurde es leid, die absolute Notwendigkeit militärisch geführter Aktionen zu diskutieren. Sein Widerpart am anderen Ende der Leitung, mehrmaliger Außenminister der Republik. Ein Bonvivant, dem es gelang, Whisky mit Würde aus einem Bierglas zu trinken. Er war ein untersetzter Typ mit heiteren Gesichtszügen und stets wachen Augen. Stets gegenteiliger Ansicht, ganz gleich, um was es ging. Zurzeit vergnügte er sich in seinem bayrischen Exil mit einem gefärbten Starlet, das in dem Streifen *Nackt – wie Gott sie schuf* die Titelrolle gespielt hatte.

Die gut bewachte Grenzvilla, eher eine luxuriös ausgestattete Baracke als die großbürgerliche Unterkunft im 8. Arrondissement, in der er aufgewachsen war, glich einem KZ-Komplex. Als Viehzäune getarnte Absperrungen, mitsamt Stacheldraht und elektronischer Sicherung aufgerüstet. Die Wachtürme waren als waidgerechte Hochsitze getarnt. Ein Haftlager, um in naher Zukunft politische Gegner zu isolieren. Nach außen vermittelte es den Eindruck, als warte eine gut gepflegte Stallanlage auf den Einzug des Rindviehs. Die süddeutschen Behörden ließen sich am einfachsten mit einer landwirtschaftlichen Tarnung beruhigen.

Biague hatte ein Agreement mit dem ortsansässigen Boxsport-Süd getroffen. Die Wehrsportgruppe hielt in der eingezäunten Zone regelmäßig militärische Übungen ab. Sie hatten ein Waffenlager angelegt und warteten auf den rechten Augenblick, wie es ihr Stab formulierte. Biague und seinen Leibwächtern gewährten sie Gastrecht. Dafür lieferten die französischen Rebellen Waffen und knüpften Verbindung zu italienischen Gruppierungen.

Er solle sich einen neuen Tarnnamen aussuchen, vielleicht etwas Italienisches, hatte der ehemalige Außenminister ihm geraten. Rimini. Biague hatte gemeint, das sei zu auffällig, nur etwas Teutonisches sei passend. Vielleicht Siegfried. Doppeldeutig, außerdem trage er einen nicht überhörbaren Widerspruch in sich, Sieg und Frieden schlössen sich aus. Der ehemalige Außenminister war anderer Meinung, der Sieg mache den Frieden erst möglich. Danach gäbe es gleich den nächsten Krieg, dann wäre der Frieden futsch, kaputt. Deswegen fände er Siegfried so passend, hatte Biague gemeint. Der Versailler Vertrag hätte es doch gezeigt. Das sei ihm Jacke wie Hose, hatte der ehemalige Außenminister entgegnet, und er hatte es auf Deutsch gesagt, hart und klar, wie das nur in dieser teutonischen Sprache möglich war, Jacke wie Hose!

Biague kochte sich Kaffee in einem Aluminiumkocher. Während er zwei Scheiben Berner Landbrot dick mit Bauernbutter und Waldhonig bestrich, brodelte das kochende Wasser durch das Pulver aus herb gebranntem italienischen Kaffee. Es war das zweite Frühstück des Franzosen. Zum Kaffee nahm er fünf Stück weißen Zucker, den er nicht umrührte. Der erste Schluck war bitter, danach wurde er beständig süßer. Er schlürfte ihn aus einem weißen Blechbecher mit blauem Rand. Die Honigbrote schnitt er auf einem Holzbrettchen in mundgerechte Stücke. Einen neuen Tarnnamen. Vielleicht, aber dann musste er sich die Haare färben. Die Farbe Mocca, ein schmales Oberlippenbärtchen und eine randlose Brille, das war's.

Biague hatte am Telefon gesagt: »Ich werde mit jedem zusammenarbeiten, Hauptsache er ist korrupt genug, unserer gemeinsamen Sache zu dienen.«

»Sonst platzt die Sache, bevor wir in die Startlöcher gekrochen sind«, hatte der ehemalige Außenminister geantwortet und war aufgebracht gewesen. »Sie haben geschworen … Sie werden meinen Befehlen gehorchen!« Ohne dass er es merkte, war er ins Italienische gefallen. »La tua vita è mia.«

»Mein Leben gehört der Organisation und sonst niemandem. Nicht einmal mir selbst«, sagte Biague. Der ehemalige Colonel und Abwehroffizier der 13. Halbbrigade hatte Buchenwald überlebt.

Biague sagte noch einmal: »Mein Leben gehört der Organisation«, dann hatte er aufgelegt.

Au bord du Rhône

Es brannte kein Licht in der Stube, auch nicht im Stall. Sein verhaltenes Klopfen hörte niemand. Cremer stieß die Haustür auf. Sie war nicht abgeschlossen und er ging durch den Flur. Die Bodenbretter waren verworfen und aus der Nut gesprungen. Er ging wie auf Wellen. Durch ein zeitungsgroßes Fenster erblickte er Wirt und Knecht, die im Hof eine Sau aufgezogen hatten. Sie war bereits gestochen und ausgeblutet. Der Knecht ritzte den Brustknochen mit der umgekehrten Messerspitze vor. Dann riss er die Brust auf. Mit dem linken Arm spreizte er sie auseinander. Er löste die Zunge und durchschnitt das Zwerchfell zwischen dem sehnigen und dem fleischigen Teil, strich den Schleim von der Zunge, schnitt den Schlund auf und löste die Gallenblase. Das Geschlinge und Gedärm fielen ihm entgegen.

»Ihr müsst entschuldigen«, sagte Cremer, als er auf sie zutrat, »mein Rufen und Klopfen hat niemand gehört. Ich will in die Hütte hoch, 's gibt doch noch was zu essen und zum Trinken?«

»Schnitzel mit Brot«, sagte der Wirt.

»Bier und Schnaps«, sagte der Knecht.

»Dann besucht uns also die Wasserschutzpolizei wieder Mal«, sagte der Wirt.

»Bin jetzt beim Grenzschutz.« Cremer war kurz angebunden. »Ich brauch dann mal ein Bier.«

»Respekt«, sagte der Knecht. »Wir sind dann in der Küche. In einer halben Stunde. Wir tischen dann auf. Für die Hütte ist es zu spät. Wollen Sie vielleicht in die Kapelle? Noch vor dem Schnitzel? Dafür wäre noch Zeit.« Der Knecht warf den Kopf über die Schulter, dann verschwand er mit dem Wirt.

Cremer sah sich im Stall um und ging ungewohnten Gerüchen nach. Der warme Atem der Kühe. Heu und Stroh und Mist. Das dumpfe Dampfen. In einem Schopf die Schweine. Die Kühe mussten Milch geben. Der Ochs den Wagen ziehen. Die jungen Stiere und die Schweine lebten nicht lang, sie mussten über die Klinge springen.

Lediglich eine brennende Benzinlaterne hatten sie für Cremer zurückgelassen. Er betrachtete die Schlachtgeräte, dann suchte er den Weg in die Küche, tastete den Flur entlang, drehte sich um und ging nach draußen. Sie hatten ihm eine Flasche Bier und ein Glas auf die Bank gestellt. Menschen auf dem Land, dachte er, aber er dachte den Gedanken nicht zu Ende. Er hatte Durst.

Es klopfte. Das Geräusch kam aus der Küche. Ein anständiges Schnitzel vor dem Panieren und Braten breitgeklopft. Bis aller Widerstand aus dem Fleisch gewichen war. So ein Bauernhof mit Wirtschaft war ja das reinste Labyrinth. Die Höfe in der Gegend stammten aus der Zeit des Dreißigjährigen Krieges, wenn sie zwischendurch nicht abgebrannt waren.

»Morgen kommt der Jäger.« Cremer saß mit dem Knecht in der Küche. Das Schweineschnitzel war saftig und gut gebraten.

»Der Wirt hat sich hingelegt, morgen muss er früh in die Stadt«, sagte der Knecht und schlürfte aus einer Tasse Milchkaffee. Cremer trank sein Bier aus der Flasche. »Morgen ist Samstag, da fährt er auf den Markt«, sagte der Knecht.

»Und ihr wartet auf den Jäger …?« Da hatte er zum Glück ja nicht alles durcheinandergebracht, dachte Cremer bei sich.

»Ich muss das Wild abhängen. Hasen und ein Reh, je nachdem, morgen früh.«

»Da sollte ich mich zum Abendessen einladen. Geht das in Ordnung?«

»Wild muss abhängen.« Der Knecht kratzte sich an den Ohren.

»Schon«, sagte Cremer, »ganz frisch geht der Hase aber auch gut. Mit dem Blut, machst mir einen Pfeffer zur Feier des Tages.«

»Und was feiern wir?«

»Des Hasen Tod. Der muss gefeiert werden.«

»Mit seinem Blut? Echt?« Der Knecht guckte ungläubig.

»Na, sicher. Mit seinem eigenen Blut und viel Schnaps, das versöhnt.«

»Na dann«, meinte der Knecht, »hoffen wir mal, dass er gut geschossen hat.«

»Gut getroffen«, lachte Cremer, »nicht verschossen. Ich will keine Bleisoße. Schön mit Wacholderbeeren und Lorbeerblatt, das gehört sich so.«

»Der dicke Oberst, kommt der dann auch?«

»Ich könnte ihn anrufen. Würde ihn sicher freuen. Kommt Oberst Krüger häufiger?«

»Zum Wochenende … meistens«, meinte der Knecht.

»Woher habt ihr den Bohnenkaffee? Aus der Schweiz?«

»Da hat jeder so seine Quellen. Der eine hat das, der andere das …«

»Und eine Hand wäscht die andere.«

»Das haben Sie gesagt.«

»Und du hast es gedacht. Und was macht der dicke Oberst hier so?«

»Weiß nicht«, murmelte der Knecht vor sich hin, »ich glaub, der übt da mit ein paar jungen Kerlen schießen, so zum Spaß, als Sport, hat er mal gesagt.«

»Der Krieg ist an euch vorbeigeschrappt wie an Maria die Erbsünde.«

»Ich war im Feld. Der Wirt war zu alt. Hat doch die Landwirtschaft. Ich war in Russland. Ich hab mich nicht gedrückt. Ich hab drei Zehen verloren.«

»Gab's dafür nicht den Gefrierfleisch-Orden?«, fragte Cremer.

»Nein, aber ich hab die Ostmedaille und das EK Zwo.«

»Dann wird auch das gefeiert, das ist ein guter Grund. EK Zwo, Ostmedaille und des Hasen Tod.«

»Ich hätt' da mal eine Frage, nur so aus Interesse …«

»Eine Frage hast du frei, die nächsten kosten je einen Kirsch.«

»Ihr habt doch sicher das Ritterkreuz?«, fragte der Knecht vorsichtig.

»Sprech nicht gerne drüber«, sagte Cremer, »vorbei ist vorbei. Ich habe diese Dinger, mit Eichenlaub und allem Pipapo.«

Dafür gab es noch mehr Schnaps. Der Knecht reichte ihm ein Wasserglas und eine mit einem Klaren gefüllte Flasche, holte sich selbst ein Glas von der Spüle und setzt sich an den Tisch. »Prost Topinambur, die reine Medizin.«

Cremer hob sein Glas: »Prost!«

»Das ist gut, dass Sie sich darum kümmern.«

Cremer sah ihn an.

»Sie wollen heute noch in die Hütte zum toten Maler?«

Cremer nickte kurz. Der Orkan näherte sich von Frankreich her. Sie hatten es im Radio gebracht.

»Da fallen die Tannen, wie und wo sie stehen, da kommen Sie nicht mehr raus. Das schlägt Sie tot. Ham' Sie die abgeholzte Schneise gesehen? Da kommen Sie nicht raus. Der Sturm stürzt wie ein Stuka-Bomber runter, heult wie die Engel zum Jüngsten Gericht. Dann sind Sie mausetot. Im Wald begraben wie ein Hund.«

Cremer lachte: »Da trinken wir noch einen drauf.«

»Wer sterben muss, stirbt sowieso.« Der Knecht war nicht mehr zu bremsen.

Und Cremer ließ sich nicht lumpen. Zur Hütte musste er. So oder so.

Auf dem steilen Weg tauchte jede menschliche Gestalt in ein Schwarzgrün ein. Der Wald umschloss die Hütte wie ein schützender Mantel, wie eine Kathedrale die Gläubigen. Der Schnee war schmutzig, verfault. Es begann mit einem sanften Wiegen der Fichtenwipfel. Der Wind brauste kurz auf, wurde stärker, fiel tiefer und fegte durch die Stämme. Schwere bleigraue Gewitterwolken wanderten von Westen her nach Osten, flogen rasend schnell. Plötzlich war es so tiefschwarz geworden, auf einen Schlag so finster, dass sich die Formen der Tannen und Fichten aufhoben. Dann brach sich Nebel in Wellen die Bahn, wurde dicht und grau und schwer, stieg den Hang hinauf und schlich um die Hütte. Ein ständiger Wechsel von fahlem Licht zu tiefster Dunkelheit stürzte sie ins Bodenlose. Wie die Temperatur vor Minuten noch gefallen war, stieg sie plötzlich wieder. Die im Mondlicht aufleuchtenden Schneeflocken verwandelten sich in striemigen Regen. Der Sturm bog die Tannenwipfel und brach die Stämme. Die vom Blitz getroffenen

Bäume splitterten. Eine Windhose stürzte sich auf den Pfad zur Hütte hinauf und hinterließ eine brachial geschlagene Schneise. Der Sturm drängte durch die Ritzen zwischen die Bretterverschalung. Die Läden schlugen in ihren Verankerungen.

Cremer kroch auf die Bettstatt neben dem Herd und fiel erschöpft in einen tiefen Schlaf. Er hatte sich nicht zugedeckt. Die Bergstiefel aber hatte er ausgezogen.

Der Sturm schlug den Regen gegen die wenigen Fenster der Hütte, das Gebälk stöhnte, die Hütte bog sich, knarzte, ächzte. Noch hielten die Balken dem Sturm stand.

Stunden später brach Sonnenlicht durch das Gewirr der Fichten- und Tannenäste. Der Schneefall setzte aus, und die Strahlen stachen wie hungrige Moskitos durch die Kronen und Stämme der Fichten.

Cremer saß vor der Hütte, ließ sich von kühlem Schnee berieseln, der, kaum hatte er die Haut berührt, schmolz. Sein Kopf war schwer. Außer der eisigen Kälte und den schmutzigen Restspuren von Schnee erinnerte nichts, auch gar nichts an die Hölle der Nacht. Über dem blauschwarzen Waldstück und über der Stadt am fernen Horizont lag der Himmel wie Blut und Feuerzungen, während hier oben braune Hühner friedlich um den Holzbrunnen scharrten. Der Kaffee, den er sich auf dem Gasofen gebraut hatte, schmeckte nicht ohne Milch, mit Zucker. Dazu eine Büchse Ölsardinen und ein Stück zu Stein getrocknetes Weißbrot. Cremer aß aus Gewohnheit und stöberte in den Aufzeichnungen des Malers.

Ich habe versucht, geduldig zu sein, bisher habe ich niemandem etwas getan, muss ich es mir da gefallen lassen, wie ein gefährliches Tier bewacht zu werden? Die Besserung hält an, die furchtbaren Anfälle sind wie verschwunden, wie ein flüchtiges Gewitter. In dem Bild von der Nachtbar habe ich auszudrücken versucht, dass die Bar ein Ort ist, wo man sich zerstören, wo man verrückt werden und Verbrechen begehen kann – alles in einer Atmosphäre von höllischer Backofenglut und blassem Schwefelgelb, der Raum ist blutrot und ein grünes Billard in der Mitte, darüber feuergelbe Lampen mit orangefarbenen und grünen Strahlenkreisen. Überall ist Kampf, in Violett und Blau … das Giftgrün des Billards kämpft mit dem zarten Rosa eines Blumenstraußes, der auf dem Spiegelglas der Theke steht.

Beim Selbstmord zerstört man die Zukunft, so als möchte man sich selbst töten, um der Zukunft das Geheimnis zu nehmen. Wer ist schon vollkommen? Welches Herz ist ohne Knacks? Es geht ein befremdlicher Riss durch uns Wesen. Wir sind nicht schwarz, wir sind nicht weiß. Mit Löchern laufen die meisten herum, manche sind völlig durchsiebt. Wir haben Malfarben gegessen und das Verdünnungsmittel gesoffen …

In der Küche fand Cremer eine grünliche Flasche, verschlossen mit einem Korkenstummel. Klarer Schnaps, aus was auch immer gebrannt, ein Duft nach Anis und Wermut. Ohne das Gebräu war der Tag nicht zu ertragen.

Der Maler hatte viel geschrieben. Er selbst wäre nicht unglücklich, wenn er sich wieder für fünf Jahre für die Fremdenlegion verpflichtete.

Für mich könnte das Leben wohl mal einsam bleiben. Die, denen ich am meisten zugetan war, habe ich nicht anders wahrgenommen als durch einen Spiegel in einem dunklen Wort … Ich wollte, es wäre nun zu Ende …

Cremer zitierte die Worte aus dem Gedächtnis heraus.

Könnte es nicht sein, wenn der Mörder, den sie suchten, von einem tollwütigen Hund gebissen worden wäre? Von einem tollwütigen Wolf?

Wie vor Tagen, als er das erste Mal die Hütte betreten hatte, ruhte sein Blick auf den japanischen Holzschnitt. Er nahm den Rahmen von der Wand, drehte ihn um und löste den Rückkarton. Lose Blätter segelten zu Boden. Vier Blätter, die er aufhob, waren gefüllt mit Skizzen, mit feinem Bleistift gezeichnete Szenen, Zeichnungen voller Qualen. Die Marter eines nackten Mädchens. Ihre bunten Kleider waren wie auf dem japanischen Holzschnitt auf dem Boden zerstreut. Auf einem Blatt, das ein Gesicht zeigte: weit aufgerissene Augen, die gebrochen nach oben blickten. Die toten, leicht geöffneten Lippen hatte der Maler mit rosa Aquarellfarbe gefärbt. Sie hielten ein Stück bunten Stoffes, ein süßer Knebel.

Solch eine Darstellung eines unerträglichen und zugleich ekstatischen Schmerzes hatte er im Leben noch nie gesehen. Mit Tinte waren chinesische Schriftzeichen gemalt, mit dem spitzen Blei stand *Leng Tsch'e* in Lautschrift geschrieben, was auch immer es bedeuten mochte.

Cremer rollte die Blätter zusammen.

Unten in der Werkstatt zeigten die Bilder Alltägliches, belanglose Dinge. Tannen, Felder, Bauern und Jäger mit Hunden in einfältiger Manier gemalt. Die Welt schien banal und gemein zu sein.

Je weiter der Wagen sich von der Stadt entfernte, desto tiefer bohrte er sich in eine stahlgraue Wand, die vom Rhein aufstieg und über die Felder drängte. Colmar war auf dem Weg nach Rheinstadt. Nach einem Abstecher im Sinti-Lager bog er auf die Uferstraße ein. Sie führte kilometerlang von den regen- und nebelreichen Abhängen des Hotzenwalds, den Sundgau entlang, durchs Oberrheintal, bis nach Karlsruhe auf deutscher Seite. Verfolger hatte er keine registriert.

Der Hund schlief in seine Schottendecke gerollt auf dem Rücksitz. Wie von fern vernahm er das Röhren des Motors. Plötzlich gab es einen Schlag gegen die Vorderachse. Colmar bremste automatisch. Er roch verbranntes Gummi. Er würgte den Wagen ab, hielt in einer Abflussrinne für Schmelzwasser und drückte die Tür auf. Der Hund war hinter ihm irgendwie ins Freie gesprungen.

»Allez!«, flüsterte Colmar scharf, »allez!«

Der Hund stürmte in die Dunkelheit. Colmar hörte lange nichts außer dem weichen Rollen des Flusses. Dann gab es einen Knall und sogleich ein schwaches Aufjaulen. In der Dunkelheit konnte Colmar nichts erkennen.

»Colmar!«, eine schwach näselnde Stimme ertönte und wurde immer lauter: »Colmar!«

Sie kam nicht von den Uferfeldern. Sie kam von der dunklen Rückseite des Peugeot. Colmar stand im Licht der Scheinwerfer.

»Gib auf!«, höhnte die Stimme, »Du hast keine Chance.«

Colmar griff nach dem Revolver.

»Lass es. Ich habe deinem Hund nur eins aufs Fell gebrannt. Ich versündige mich doch nicht an so einem Tier. Hör auf, mir hinterherzujagen. Was geschehen ist, ist geschehen. Deiner Visage nützt es eh nichts mehr!«

»Was ist mit Ava?« Colmar hielt die linke Hand vor die Augen, die rechte im Rücken. »Was hast du mit ihr gemacht?«

»Du bist so naiv, Colmar, so töricht. Sie hat mit dir gespielt. Sie ist mit jedem ins Bett, von dem sie sich Informationen erhofft hat. Um sie verschachern zu können. Ich wäre ihr beinahe auch auf dem Leim gegangen! Sie war ein Miststück, ein heimtückisches Luder!«

»Nein!«, schrie Colmar. »Nein!«

»Dann bleib in deinem Wahn ...«

»Du hast sie umgebracht!« Colmar tat einen Schritt aus dem Lichtkegel des 404.

»Ich habe getan, was getan werden musste. Davon verstehst du doch was. Und jetzt verschwinde!«

»Nein!«

»Dann bist du fällig.«

»Wir sind noch nicht quitt! Noch nicht, nicht so, Prinz, nicht so!«

Es dauerte eine Weile, bis Colmar begriff, dass er ins Leere rief, er keine Antwort mehr bekommen würde. Der Hund schlich winselnd zu ihm heran.

Vor dem Hotel *Au bord du Rhône* ließ Colmar den Peugeot im Schritttempo auslaufen. Die Fahrt war eine Zitterpartie gewesen, der Wagen so lädiert wie sein Fahrer. Als er den Eingangsschlüssel in der Hand sich dem Portal näherte, erinnerte er sich an den durchnässten Hund auf dem Rücksitz. Er hob ihn hoch und drückte ihn an sich.

Auf dem Zimmer legte er ihn aufs Fußende, holte ein Handtuch aus dem Bad und frottierte ihn ab. Mit den Fingern fuhr er ihm durchs Fell und untersuchte die Wunde, was er mit einem Knurren verhinderte. Offenbar hatte Prinz' Schuss ihn an der rechten Schulter gestreift. Der Hund hatte einfach nur Glück gehabt, dass der er ihn auf Distanz hatte halten wollen.

Colmar ging ins Bad und suchte eine flache Schüssel, die er mit lauwarmem Wasser füllte, goss einen kräftigen Schuss Kognak hinein und hielt dem Hund die Schüssel hin. Der soff das Zeug tatsächlich. Auch Colmar selbst füllte ein Glas bis zum Rand und kippte es in einem Zug.

Anschließend lag er auf dem Bett, die Stiefel hatte er abgestreift, und hörte das ruhige Atmen neben sich. Armer Hund, dachte er, du fängst dir ein, was mir gegolten hat.

Dann fiel er in einen traumlosen Schlaf.

Als er aufwachte, konnte er sich kaum auf die Seite drehen. Der Hund lag längst wieder auf der Matte vor dem Nachttisch. Seit Tagen quälte Colmar wieder ein Rheumatismus in den Hüften. Er hatte noch einen anderen im linken Oberschenkel, Gelenkschmerzen im linken Knie, eine chronische Verspannung in der rechten Schulter. Selbst seine Haare begannen, weiß zu werden.

Auf der Wand neben der Tür hingen zwei Plakate in klaren Farben. Auf dem einen erkannte er die weiße Kathedrale *La Nouvelle Major* vor einem azurblauen Himmel, auf dem zweiten war das Château d'If abgebildet. Jetzt verstand er auch den Namen des Hotels. Au bord du Rhône. Ehemaliger Legionär. Es wimmelte nur so von Veteranen in allen Ecken dieser Welt.

Seine Gedanken wanderten nach Indochina, Algier, Paris, über die Höhen des Schwarzwalds, die Berge runter und über den Fluten des Rheins. Sein Leben ein Leben in Dreck und Blut. Er schlief darüber ein.

Keine Musik, kein Raunen, kein Geflüster, kein Lachen, keine Mädchen, die giksten und sich auszogen. Hinter der Theke die blonde Heidi, davor zusammengesunken der Mann in der Lederjacke. Sie waren in ein Gespräch vertieft. Das Licht im Raum ließ die Gläser und Flaschen aufblitzen, die Spiegelglaskugel rotierte und warf irritierende Blitze an die Wände. Die

Blondine gab dem Mann vor ihr ein Zeichen, als sie Cremer bemerkte. Er schwieg, nachdem er Cremer wahrgenommen hatte, und rutschte vom Hocker. Die Veilchen umrahmten Augen verbarg er hinter dunkel getönten Brillengläsern. Die Nase war mit Heftpflaster gerichtet. Offenbar war er der Meinung, dass nun andere Voraussetzungen für ihre Unterhaltung bestanden.

»Wir haben geschlossen«, sagte er.

»Stört mich nicht.« Cremer lehnte sich an die Theke, wobei er Prinz den Rücken zuwandte.

»Wenn ich's sage, wir haben geschlossen.«

»Kümmre dich besser um deine Angelegenheiten.«

Prinz bewegte seine rechte Hand an die Brille. Die Zungenspitze war für einen kurzen Augenblick zu sehen, dann war sie wieder verschwunden. Er legte eine Hand auf Cremers Schulter.

»Das würde ich mir gut überlegen. Dein LKA-Freund lässt dich über die Klinge springen«, warnte Cremer ihn. »Ihr fliegt auf, bevor der Hahn dreimal kräht. Der rettet seine Haut. Da kannst du ihm noch so viel bezahlen.«

Prinz rieb die Handflächen an den Oberschenkeln, er kämpfte mit sich.

»Heute Abend keine Petticoats?« Cremer fixierte ihn, bis der Mann in der Lederjacke den Blick senkte und auf das Spiegelglas der Theke stierte. »Hässlich so eine gebrochene Nase, was? Wenn es dir nicht reicht, hau ich dir die Fresse krumm. Hau ab. Ich ertrage dich nicht.«

Prinz warf Heidi einen Blick zu, wickelte seinen Schal um den Hals und ging. Vielleicht wartete er draußen auf ihn.

Cremer wusste nicht, was er von der Blondine halten sollte. Bei seinem ersten Besuch in der Bar fühlte es sich so an, als habe sie ihm ein Zeichen gegeben, als suche sie Hilfe bei ihm.

Sie stellte zwei leere Gläser und eine ziemlich volle Flasche Whisky zwischen sich und Cremer.

»Ich habe gehört, du trinkst das Zeug lieber ohne den Firlefanz. Ich auch.« Sie lächelte ihn an und schenkte ein.

»Ich habe viele Fragen«, begann Cremer, »ob die Flasche reicht?«

»Hier können wir nicht reden. Jeden Augenblick kommt der Asiate mit den Mädchen.«

»Und Prinz?«

»Der wird sich mit seinen Leuten treffen. Er wird sagen, dass du hier bist.«

»Soll mir recht sein.«

»Nicht, wie du denkst. Sie werden dir irgendwo auflauern, wo du es nicht erwartest.«

»Wenn schon.« Cremer nahm einen weiteren Schluck. Als er sich eine Zigarette anzuzünden beabsichtigte, erschien der asiatische Barmann. Er humpelte, verzog jedoch keine Miene, als er Cremer bemerkte. Offenbar war er von Prinz bereits über ihn aufgeklärt worden.

Heidi nippte an ihrem Glas und flüsterte »Wenn wir schließen, warte auf mich draußen.«

Cremer steckte die Gauloise in die Brusttasche zurück, nahm einen letzten Schluck und blätterte umständlich zwei Scheine auf die Theke.

»Das geht aufs Haus, die Polizei zahlt hier nichts«, sagte der Asiate.

»Nicht mit mir.«

Im Wagen summte Cremer eine Melodie, deren Namen ihm nicht einfiel. Er hatte so geparkt, dass er den vorderen und den rückwärtigen Eingang im Auge behielt. Er selbst war wegen eines Gastanks nicht so leicht zu auszumachen.

Aus dem Autoradio erklang Weber. Carl Maria von. Cremer summte mit. Rudolf Schock und Hans Cremer zweistimmig: *Leise, leise, fromme Weise, schwing dich auf zum Sternenkreise! Lied, erschalle, feiernd walle mein Gebet zur Himmelshalle. Zu dir wende ich die Hände, Herr, ohn' Anfang und ohn' Ende! Vor Gefahren uns zu wahren, sende deine Engelscharen. Lass' zu deinem Lob uns singen, Hoffnung in die Herzen bringen. Herr, wir flehen, dass dein Wille in uns lebt und ganz erfülle.*

Er dachte an Krügers Worte.

»Wir müssen ein absolut überzeugendes Bekenntnis für den Gedanken eines starken polizeilichen Schutzes an der Grenze und im Innern verlangen können. Der Bundesgrenzschutzbeamte hat gezeigt, dass er von der Notwendigkeit und Bedeutung seiner Aufgabe überzeugt ist und dass er voll Vertrauen und Zuversicht an die Wiederauffüllung der jetzt stark gelichteten Reihen glaubt.«

Hehre Worte, die sich jetzt mit von Weber mischten. Vorgetragen von einem glasklaren Tenor, bei dem Cremer stets an Rheinwein denken musste. Klar und rein. Deutscher Gesang wie Riesling. Zwischen herb und süß. Der BGS hatte viele Karrieristen an die Waffenbrüder von der Bundeswehr abgegeben müssen.

»Wo stehe ich? In welchem Stück spiele ich da? Mit wem?«, murmelte Cremer.

Seltsam, im Nebel zu wandern … kein Mensch kennt den andern … jeder ist allein.

Das war nicht Rudolf Schock. Cremer drehte sich nicht im Kreis, er trat auf der Stelle. Er drehte das Radio ab, wartete und blies den Rauch gegen die Windschutzscheibe.

Auf der Rückseite des Schuppens, der den Hintereingang zur Straße hin verbarg, öffnete sich eine Tür. Licht fiel kurz nach außen, dann wurde sie wieder geschlossen. Heidi sah sich um. Er gab Lichtzeichen. Sie bog in eine Seitenstraße ein. Er ließ den Motor an, legte den ersten Gang ein und rollte langsam hinter ihr her. Sie hatte sich einen beigen Trenchcoat übergezogen, das Kopftuch im Nacken geknotet. Am Arm eine zu große Handtasche. Cremer holte sie ein und stieß die Beifahrertür auf.

Er steuerte den Wagen aus dem Hafenareal, fuhr ein paar Blocks kreuz und quer, bis er sich sicher war, dass ihnen niemand folgte. Den Wagen parkte er neben zwei Buchen auf einem Grünstreifen, schaltete die Scheinwerfer aus und ließ den Motor im Leerlauf weiterlaufen.

Sie erzählte ihm, dass Liesi plötzlich nicht mehr aufgetaucht sei. Was völlig ungewöhnlich für sie sei. »Du bist ganz sicher von der Polizei?« Als verspreche sie sich Schutz davon. Er nickte. »Es laufen ständig Polizisten bei uns auf, wollen nicht beim Namen genannt werden, nehmen Geld und verschwinden schneller, als sie aufgetaucht sind. Alle wollen irgendetwas.«

»Dieser Prinz, was ist das für eine Geschichte? Er schafft die Mädchen ran, die in der Bar arbeiten? Gehört ihm die Bar?«

»Er macht die Abrechnung, das macht er immer.«

»Für wen? Gibt es da noch einen Mann? Einen Franzosen vielleicht?«

»Wenn Prinz erfährt, dass ich dir …«

»Was ist das für ein Mann?«

»Ein Korse«, verriet sie mit dem Blick aus dem Seitenfenster und wiederholte leiser: »Der Korse. Prinz ist immer so merkwürdig in seiner Gegenwart, wenn er …, so als habe er vor etwas Angst. Der Korse holt manchmal eins der Mädchen ab, und die kommen dann nicht wieder. Sie arbeiten woanders für ihn. In einer Halle. Die Liesi wollte nie weg … ich weiß auch nicht.«

Cremer bemerkte, dass sie das Wort »Paradies« auf dem Handrücken tätowiert hatte. Auch er besaß Tätowierungen aus der Legionszeit, die ihm ein Kamerad gestochen hatte. Die verbarg er allerdings unter den Fußsohlen.

»Hast du die Mädchen einmal gefragt, was man mit ihnen macht?«

»Nein …«

»Hast du Prinz gefragt? …«

»Nein«, sagte sie und sah ihn an. Zweifelnd. War es ein Fehler, zu ihm in den Wagen gestiegen zu sein? Sie hoffte inständig nicht. Sie nestelte an einem ihrer Träger, rückte ihn zurecht. Was sollte sie tun? Sie hatte sich ihm offenbart, sich ihm ausgeliefert. Wer konnte ihr schon helfen?

»Dieser Franzose … was weißt du über ihn?«

»Da weiß ich nichts.«

»Es ist noch zweites Mädchen verschwunden.«

»Die Freundin von Liesi. Sie kam, als Liesi schon verschwunden war.«

»Da wirst du nicht misstrauisch?«

»April ist seit gestern auch nicht mehr da.«

»Hier geht es um Mord, um Entführung, um Folter … was gibt es Schlimmeres?«

»Was soll ich tun?« Heidi sank in den Sitz zurück.

»Prinz, der Korse. Da gibt es sicher noch eine andere Verbindung.« Zu Nevada, doch das sagte er nicht laut. »Er hat ganz oben Freunde bei der Polizei. Kanntest du einen, den man den Poeten nannte?«

»Er war harmlos, wollte nur kleine Mädchen vögeln.«

»Es gab da einen Kunstmaler. Der verkehrte auch in der

Bar?« Er faltete eine der Zeichnungen auf, die er aus der Hütte mitgenommen hatte, und hielt sie ihr hin. Sie warf einen kurzen Blick darauf und sah weg.

»Einmal kam einer. Ein Krüppel. Er wollte Liesi abholen. Machte ein großes Theater. Hatte ganz schreckliche Zeichnungen in einer Mappe. So wie die. Prinz hat ihn rausgeschmissen.«

»Und die Zeichnungen?«

»Prinz hat sie an sich genommen. Ihn beschimpft. Ihm gedroht.«

»Und Liesi?«

»Ein Verrückter aus ihrem Dorf, der sich sonst was einbildete.«

»Er kam nie wieder?«

»Nur das eine Mal.« Sie fuhr herum und sah über den Rücksitz. »Man darf uns nicht mehr zusammen sehen.«

»Warum nicht?«

»Sie werden dich umbringen.«

»Wo fahre ich dich hin?« Das war nicht nur eine Frage. Er wollte sie loswerden. Er schaltete die Scheinwerfer ein und sie wies ihm den Weg.

In der Südstadt, in einer verlassen wirkenden Neubausiedlung mit barackenähnlichen Häusern, keinen Straßenlaternen, keinen erleuchteten Fenstern, setzte er sie ab.

»Er wird mir nichts tun«, sagte sie trotzig.

»Was macht dich da so sicher?«

»Er mag mich. Unterhält sich gerne mit mir. Er will keinen Sex. Ich soll immer nur hinter der Bar stehen. Mir ist es lieber, die Männer wollen Sex, dann weiß ich, wo ich dran bin.«

Cremer kurbelte das Seitenfenster herunter und sah ihr nach, als sie über den mittelgroßen Platz auf die Siedlung zuging. Er hörte das Klappern der hochhackigen Schuhe.

Mit der rechten Hand öffnete er das Handschuhfach und griff nach der Dienstwaffe und warf die Kippe in die Nacht.

Angst

In der Schweiz war das Flusswasser in weiten Teilen zugefroren. Durch den hereinfallenden Föhn brach es auf und trieb in großen Stücken auf Rheinstadt zu. In die Eisschollen waren Erdreste in schmutzig braunen, grüngelblichen Tönen eingefroren. Auf dem Eis hatte sich durch das vielmalige Abschmelzen, durch erneute Schneefälle und weiteres Vereisen eine flockige Oberfläche gebildet. Fichtenstämme trieben mit den zu scharfkantigen Bergen gegeneinander geschobenen Eismassen zu Tal. Durch den Druck der nachdrängenden Schollen türmten sie sich dort übereinander, wo sie durch irgendwelche Hindernisse blockiert wurden, und stellten sich so hoch auf, dass sie umzustürzen drohten. Einige der Eisinseln drehten sich, wenn sie in Strudel gerieten, und brachen auseinander.

Colmar suchte eine ganz bestimmte Stelle am Ufer auf, von der aus er einen atemberaubenden Blick auf die große Stahlträgerbrücke hatte. Er ging ein paar Schritte zu Fuß. Der Hund jagte eine Schar Möwen. Schwarz und weiß, das sah gut aus. Spielerisch. In einem der Eisberge entdeckte Colmar ein Stück eines hölzernen Ruderbootes. Es schien der Bug zu sein. Der nicht sichtbare Rest des Bootes war abgerissen oder von den Eismassen unter Wasser gedrückt worden. Er betrachtete die erstarrte Oberfläche des Flusses, wobei ihm die merkwürdigsten Vergleiche in den Sinn kamen. Wie schwarzblauer Stahl. Doch es war nur ein Spiel der Natur. Als er flache Steine über das Wasser tanzen ließ, erkannte er, dass er mit dem Kinderspiel das Gleichgewicht des ganzen Stromes störte.

Ein Schwarm schwarzer Vögel zog in weiter Ferne über den Horizont. Hier unten wurde ihm bewusst, dass er Erlösung erst finden konnte, wenn seine Seele eins mit der Natur wäre.

Er durfte sie nicht erschrecken.

Wie sollte er das erreichen, wenn er wieder töten musste?

Wo war der Hund? Er lief stromaufwärts über ein mit Steinplatten eingefasstes Ufer. An der Stelle war es nicht mehr befestigt. Sand und angeschwemmter Kiesel, an vielen Stellen abgebrochen und ausgespült. Weit in der Ferne jagte er irgendwelchen Wasservögeln hinterher.

Colmar rief und fuchtelte mit den Armen.

Da bemerkte ihn der Hund erst und schaute zurück.

Ein Brough RK 4907 raste über die Sternkreuzung runter zum Hafen und verschwand so rasch in den Kurven und hinter den Häusern, dass von ihm nur der Eindruck einer glänzenden Glattlederkluft, schwarz gewichsten Stiefeln, gelbgefärbte Fliegerhandschuhe aus Lammleder und ein gelber flatternder Seidenschal im Fahrtwind blieb. Das Motorrad flüchtete hinter Häuserfassaden und tauchte nach einer Kurve wieder auf. Der Fahrer wollte in die Berge und drehte die Maschine voll auf. Kurz zurückblickend sah er ein bläuliches Rot hinter den Vogesen untergehen. Er verringerte kurz die Geschwindigkeit, dann donnerte er davon.

Knapp über der schwarzgrünen Linie der Tannenwipfel

hätte er den Scheinwerfer ausstellen können, so hell war die Nacht. Die Silhouette eines Personenwagens mit aufgeblendeten Scheinwerfern verfolgte ihn jedoch. Der Peugeot folgte ihm nun schon seit zehn Minuten. Der Motorradfahrer warf sich in die Kurven, schoss aus der nächsten heraus und jagte die Maschine die schier unendlichen Serpentinen der Passstraße zum Schwarzwald hinauf.

Mit seinem in die Jahre gekommenen Peugeot 404 tat sich Colmar beim Schalten in den steilen Haarnadelkurven schwer. Irgendwie waren die Gänge nicht sauber synchronisiert. Das Radio hatte er ausgestellt, als der Anstieg in den Schwarzwald begann. Bewusst hielt er Abstand, der Motorradfahrer sollte sich in Sicherheit wiegen.

Prinz hatte einige Zeit gebraucht, um zu verstehen, wer da hinter ihm her war. Vor dem du Tonkin hatte er an einem Wagen die Reifen zerstochen, bevor er losgefahren war. Nicht bemerkt, dass Colmar ihn erwartet hatte.

Auf dem Pass gab es keine Seitenstraßen mehr, bogen keine Holzwege ab. Rechts stiegen die zerklüfteten Felsen steil auf. Die zersplitterten Reste eines entwurzelten und abgestürzten Baumriesen am Straßenrand, eng gegen die Felswand gedrückt, zwangen Colmar die Geschwindigkeit zu reduzieren. Ein eisklarer Bach tat sich neben ihm auf, durchscheinend türkis stürzte er über die Straße.

Verwaschen schwarzblaue Berge am Horizont. Es begann zu schneien. Bald bedeckte eine dichte Schneedecke die Straße. Die Schneeflocken wurden dichter, durchschnitten die Lichtkegel der Scheinwerfer. Die Scheibenwischer schoben die Schneebahnen auf der Windschutzscheibe hin und her.

Der Peugeot rutschte hinten etwas weg. Colmar musste abblenden, er hätte sonst nichts mehr gesehen. Die Konturen verschwammen, Bodenwellen waren nicht mehr zu erkennen. Das Motorrad konnte nicht weit vor ihm sein. Es wurde unmöglich, das Tempo zu halten. Die Tachonadel zeigte 63 km/h. Trotzdem durfte er das Motorrad nicht verlieren. Nach einer scharfen Rechtskurve schossen völlig unerwartet Felsen auf ihn zu. Granitbrocken. Anhalten ging nicht mehr.

»Merde, verdammte …«

Colmar zog die Luft pfeifend zwischen die Zähne, als er auch schon gegen den Granit knallte. Der Wagen war hin, der Motor aus der Verankerung gerissen und viel zu viel zerbeultes Blech. Der Hund war vom Rücksitz gerutscht und bedurfte seiner Hilfe. Colmar stieg aus.

Er hievte den Hund hoch, fischte den grüngrauen Militärmantel vom Rücksitz, zog die blauschwarze Marinemütze tief ins Gesicht und griff nach den Waffen. Die silbern verchromten Colt Official Police steckte er ins Holster. Einen Ruger Blackhawk/Super Blackhawk, Kaliber .44 Magnum übers Gesäß. Die französische MAT 49 klemmte er sich unter den Arm. Er war gerüstet wie für einen Zweifrontenkrieg. Doch vor ihm lag ein langer Abstieg ins Tal.

Prinz war ihm durch die Lappen gegangen. Er hoffte, dass wenigstens die Tankstelle besetzt war. Den Wagen konnte man abschleppen und in Stand setzten. Nur musste er dazu wissen, in welche Richtung er gehen sollte. Er sah nicht mal mehr die Hand vor Augen.

»Ich seh' dich«, schrie er. »Dich krieg ich noch.«

… in der nackten Wüste haben wir Blut gesoffen, um unserer selbst willen, unter einem mitleidlosen Himmel. Tagsüber brachte die

brennende Sonne unser Blut in Gärung, und der peitschende Wind verwirrte unsere Sinne. Nachts durchnässte uns der Tau, und das Schweigen unzähliger Sterne ließ uns unsere Schande fühlen. Alles Menschliche hatten wir von uns getan: Moral, Selbstbestimmung, Verantwortung, Mitleid. Wir waren wie dürre Blätter im Wind … wer? … wer? … wer??? *… da draußen verwirren sich die Dinge … Konflikt in der menschlichen Seele, gut und schön, nun siehst du … Macht, Ideale, Moral … da draußen ist es eine große Versuchung, Gott zu werden … die Mächte der Finsternis überwinden, die guten Engel der Seele … sie war verschwunden, wir hatten sie verloren … habe ich jemals über wirkliche Freiheit nachgedacht, über wirkliche Liebe? … was sagen sie? … dass meine Methoden krank seien? … sind meine Methoden krank? … was hast du erwartet? … bist du ein Mörder? … bin ich es? … du warst Soldat … ich war Soldat … ich bin Soldat auf ewig … der Krieg ist vorbei … es gibt keine wirklichen Soldaten mehr … du hast kein Recht, mich einen Mörder zu nennen … ich habe das Grauen gesehen … es ist unmöglich mit Worten … dreibeinige Hunde irrten wild vor Wahn und Schmerz tollwütig durch die Dörfer … ich will niemals vergessen … dieser Wille, diese Schöpferkraft, dieses Unmögliche zu tun, diese Kraft, das zu tun … Männer mit Überzeugungen ohne Gefühl, die ohne Leidenschaft ihre ursprünglichen Instinkte einsetzen, um zu töten … gibt es ein Strafgericht? … gibt es ein Strafgericht am Jüngsten Tag? … ich erinnerte mich, wie ich schrie … ich weinte … ich wollte mir die Zähne herausreißen … ich wusste nicht, was ich tun sollte … und ich will mich daran erinnern … ich will niemals vergessen … ich will es niemals vergessen … und dann war mir, als würde ich durchbohrt von einer diamantenen Kugel: direkt durch die Stirn … und ich dachte: mein Gott … diese Schöpferkraft … dieser Glaube … dieser Wille, das zu vollbringen … vollkommen … vollendet … Kristall … makellos …*

Ein wilder Blitz durchzuckte den Himmel und schlug in die höchste der Weißtannen hinter der Kapelle. Die Krone der Tanne zersplitterte und der Stamm spaltete sich. Wie mörderische Geschosse durchschlugen die brennenden Teile das Dach der Kapelle und brachen in den Altarraum ein. Sofort zischte das trockene Holz im Dachstuhl auf. Das durch den Sturm angefachte Feuer heulte wild. Der ferne Donner grollte in tiefsten Bässen, und der Sturm pfiff und schrie wie abgestochenes Vieh. Eine Feuersäule jagte zum Himmel und stand wie eine lodernde Fackel über dem heiligen Haus. Dann brach ein zweiter Blitz durch den Himmel und fuhr in die angeschlagene Kapelle.

Colmar lag nackt auf steinernem Boden und atmete flach. Ein leiser Windhauch, der durch die Tannen streifte, blies die flackernde Messkerze aus, und ein Regen schwarzer Fliegen prasselte auf ihn nieder.

Das Unmenschliche? Einmal entdeckte er den Kopf eines erschlagenen Jungen am Ufer eines Teiches im Schilf. Ein farbenprächtiger Lurch glitt über die blutende Wunde am Kinn. Dicht über der Wasseroberfläche schwirrten Insekten. Die ins Wasser eintauchenden Schilfblätter vermischten sich mit dem langen, blauschwarzen Haar des Kindes. Das schon dickflüssige, schwarze Blut stockte beim Austreten aus der Halswunde. Die Grimasse des toten Kopfes ließ ihn eisig erschauern. Allmählich verwandelte ein verirrter Sonnenstrahl die Fratze in ein seliges Lächeln.

Der Mörder war einer aus ihren Reihen gewesen. Nie würden sie ins Paradies kommen. Er war ein Zerstörer. Colmars Atem setzte aus. Er sprang auf und stürzte zum Kapellentor. Weißgelbe Flammen nach ihm. Er stieß das Tor auf und fiel ins Freie. Er warf sich in einem Schneehaufen. Er stemmte sich hoch, und da sah er den Hund.

Der Sturm fachte das Feuer an, ein wilder Funkentanz sprang in den Nachthimmel. Der Hund zog ihn fort von der höllischen Hitze, fort von dem Fegefeuer. Weit fort von der höllischen Glut. Er sah das Granatenemblem der Legion: Gold und Blut.

Dann wachte Colmar auf.

Wo war der Hund?

Er trat vor das Kapellentor.

Gerade ging die Sonne über der durchscheinenden blauen Hügelkette der Vogesen auf. In einem hellen Rot. Über Nacht hatte es geschneit. Gut vierzig Zentimeter Neuschnee gegeben. Frische, weiß-blau schillernde Schneekristalle. Die Wiese vor der Kapelle war jetzt eine blendend weiße Matte, unberührt fast. Der Hund hatte Spuren in den Schnee gezogen. Der Schnee blendete in den Augen. Es schien, als breitete er sich über den Abhang und das Tal hinaus aus, hinüber bis zum Horizont und weiter hinauf in den Himmel. Die Luft war frisch, klar.

Der Hund wälzte zu seinen Füßen. Er hatte ihn gefunden, obwohl sie sich in der Nacht im Sturm verloren hatten. Colmar stieg die sieben Sandsteinstufen hinunter, setzte sich auf die unterste und zog die Schnürstiefel und die Socken aus. Dann rannte er durch den Schnee. Der Hund stürmte hinter ihm her. Die bloßen Füße brannten, wie scharfer Pfeffer auf der Zunge brennt.

Gesalzene Därme

»Der Speck soll fest, nicht schmalzig sein …«, dozierte Krüger, als hätte er das Metzgerhandwerk gelernt, »alle Geräte, die mit dem Fleisch in Berührung kommen, müssen absolut sauber sein. Sonst wird's nichts. Dann hält die Wurst nicht. Ihr müsst wissen, hier geht's um Rohwurst, das ist eine heikle Angelegenheit.«

Rauff staunte mäßig. Cremer tat so als ob. Nur ein junger, etwas windig dreinschauender Mann, der als Krügers Fahrer fungierte, schien wirklich interessiert zu sein.

»Da schießen sie uns doch nach und nach die alten Kameraden über den Haufen, heimtückische Morde, wir sind sozusagen noch in Trauer, und der Oberpharisäer schwadroniert übers Wursten, als wäre er ein Metzger und Darmhändler … fickt sicher Elefantenküken, Mastgänse und Fettwanzen, unser kleines Dickerchen«, murmelte Rauff, ohne dass Krüger es mitbekam.

»Ihr könnt euch gar nicht vorstellen, was für einen Dampf mir die Politik unterm Hintern macht. Ein Polizistenmord in Rheinstadt, gerade jetzt vor der Wahl. Dann diese Menger-Geschichte. Es wird schon gemunkelt: Geheimdienstmann, Nazi-Organisation. Nevada meldet sich nicht … Wer weiß, was da dahintersteckt? Die Bevölkerung ist unruhig. Ist ja auch zu verstehen, obwohl, den Normalbürger trifft's ja nicht, nur Nutten und Polizisten, um es mal auf den Punkt zu bringen.«

»Wenn's zu viel wird, können wir den Hafenpuff ja schließen«, meinte Cremer.

»Genau«, Krüger fuchtelte mit einer dicken Bratwurst herum, »genau. Übrigens, Cremer bemerkte kürzlich, dass du nicht abgeneigt wärst, zum BGS zu wechseln. Das geht in Ordnung. Überläufer und Leichen, eine gesunde Mischung.«

Rauff nickte, holte sich eine Flasche Bier und trank. Krügers Chauffeur bewachte die Bratwürste in einer riesigen Eisenpfanne auf einem Holzkohlenfeuer, als wären sie Kronzeugen. Der Wirt kam mit einer Schüssel Kraut. Der Knecht reichte eine Schüssel mit Bratkartoffeln durch ein Fenster, garniert mit Räucherspeck und Zwiebeln. »Der Bärlauch ist frisch, hab ich am Bach gepflückt«, sagte er mit gewissem Stolz.

»Bärlauch?«, wollte der Chauffeur wissen.

Rauff, der neben ihm stand, bemerkte knapp, »Knoblauchkraut, das ist gut zum Furzen, macht ihr doch in der Belle Etage, oder?« Er zeigte auf eine dicke Rote. »Ist das eine Rindswurst?«

»Du musst was Ordentliches essen. Such dir eine aus«, schwadronierte Krüger los. »Gut gebraten muss sie sein und grob gekuttert, dass du noch schmeckst, was das mal war: eine liebe, brave Sau, nicht zu fett, aber nicht zu mager, und nichts von brünstigen Sauen, sonst schmeckt's nicht. Das Schweinefleisch muss dunkelfarben und darf nur von älteren Schweinen sein. Ich selbst nehme gern etwas Rindfleisch dazu. Schulter ist gut, hat genau den richtigen Anteil an Fett und Muskelfleisch. Die Tiere dürfen nicht aufgeregt oder abgetrieben sein. Sie müssen gut ausbluten. Die Rohwurst machen wir am Morgen. Da ist die Luft auch im Sommer noch verhältnismäßig kühl, und das Fleisch ist wenig erwärmt.«

»Wir aber nicht, im Sommer«, der Chauffeur grinste.

»Ihr schlagt die Hacken zusammen und kneift die Arschbacken, bis der Muskel kracht. Stimmt's oder hab ich recht?«, flüsterte Rauff zum Fahrer. »Der Chef hat dich aber chic eingekleidet. Er sorgt für euch, was? Wie viele seid ihr denn in der Nachwuchs-Armee? Wie heißt du? Sag an, etwa Hansen? Ihr heißt doch alle Hansen, ihr Norddeutschen.«

»Scherwiller, Tobias Scherwiller.«

»Ach Scherwiller, geht's noch langweiliger?«

»Scherwiller ist ein Elsässer Name. Es gibt da sogar ein Dorf, das heißt so.«

»Ach, hör auf. Gib mir ne' Rindswurst«, sagte Rauff.

»Bier? Bier und 'nen Klaren. Na, wie ist das? Bekommt uns das oder bekommt uns das nicht?« Krüger machte eine knappe Handbewegung und orderte eine weitere Runde.

»Wir haben jetzt auch Kronenbourg«, sagte der Wirt und grinste lobheischend in die Runde.

»Fein«, sagte Cremer.

»Was?! Franzosen-Bier?«, tönte Krüger.

»Elsässer Bier«, korrigierte ihn Scherwiller und schüttete eine Flasche Kronenbourg in sich hinein, schnell darauf noch eine.

Krüger fasste ihn mit beiden Händen an den Schultern. »Die Angelegenheit ist verquickt. Hat jemand was von Nevada gehört? Beim LKA weiß niemand was. Nevada besitzt unsaubere Kontakte ins Milieu. Wusstet ihr das?«

»Und was wären saubere Kontakte?«, fragte Cremer.

»Saubere Kontakte sind zum Beispiel solche, wie du sie pflegst, wenn du durch den Hafen hurst? Wenn Rauff bei unserer Truppe ist, will ich wissen, wo er steckt, über jeden seiner Schritte informiert sein. Auf das LKA verlasse ich mich da nicht.« Er klopfte Cremer auf die Schultern. »Jetzt trinken wir noch einen, und ab morgen machst du, was gemacht werden muss …«

Sie tranken und aßen, und für ein paar Augenblicke herrschte Ruhe, bis Krüger erneut mit seinem Metzgerlatein zu prahlen anfing.

»Was ich zur Wurst noch sagen wollte. Wir verwenden nur gesalzene Därme. Natürlich aus eigener Schlachtung, müssen acht bis vierzehn Tage im Salz gelegen haben, wenigsten vier bis fünf Stunden werden sie gewässert. Nach dem Wässern werden sie abgeschlämmt und in gleichmäßige Stücke geschnitten. Die Därme müssen fettfrei sein, sonst schmeckt's ranzig. Und dann kann's losgehen. Luft frei füllen! Die linke Hand regelt den Druck. Die Wurst soll fest gestopft werden, sonst gibt's Falten. Dann trocknen an der frischen Schwarzwald-Luft. Und dann mindestens sieben Tage räuchern. Kalt räuchern, selbstverständlich, sonst wird's nichts. Die Bratwurst wird nicht geräuchert, die kommt roh in die Pfanne. Von den Franzosen kriegen wir ja jetzt Pommes frites, schmeckt ganz gut, kommt aber eigentlich von den Belgiern. Egal, der Franzose schmückt sich nun mal gern mit fremden Federn, da könnt ich dir ein Lied von singen, Cremer, ein schönes, langes Lied.«

Die Abendsonne im Rücken stiegen zwei Gestalten den Hügel hinab. Ein Mann, groß, in einen langen Mantel gehüllt, eine Schirmmütze tief ins Gesicht gezogen. Ein Hund lief bei Fuß neben ihm. Der Hund trug im Maul einen Spazierstock.

Was sie nicht sehen konnten, war, dass der Mann einen Sterling-Silberring in seiner Faust hielt.

Die Macht des Korsen

Die Franzosen werden im Monsunregen nicht mehr lange durchhalten. Wenn sie die überfluteten Gräben und Unterstände verlassen müssen, ist der Sieg unser. Immer wieder verbreitet der offizielle Vietminh-Sender den Tagesbefehl. Bao Dai sitzt in seiner Residenz an der Côte d'Azur, zählt die Dollars aus seinen Spielhöllen und Bordellen, träumt von seinen Tigerjagden. Gewitter entladen sich über Dien-Bien-Phu. Alles versinkt im Schlamm. Keine Luftunterstützung. Wir haben das Unheil vorausgesehen. Wir sind verraten worden. Dem Engel, dem Fräulein de Galard wird die Médaille Militaire und das Kreuz der Ehrenlegion an die Stolz geschwellte Brust geheftet werden. Freiwillige über Dien-Bien-Phu. Sie fallen alle in das Vorzimmer des Todes. In die Hölle ihrer Ehre. Die Thais desertieren. Albatros tritt in Kraft. Nur ein Aderlass. Neun von zehn fallen in die ewige Verdammnis. Neun von zehn Kameraden springen ins feindliche Feuer. Mach dir keine Sorgen, Schatz, morgen … morgen … stecken wir tief im Schlamm, bleiben im Maschinengewehrfeuer hängen. Wegen einem Telegramm aus Hanoi. Generalangriff. Sturm auf Eliane deux. Botella antwortet mit Granatwerfern und rückstoßfreien Feldgeschützen. Ergebt euch! Ihr seid alle verloren! Freund, hörst du den schwarzen Schwarm der Raben über der Ebene? Toter Mann, Dreck ohne Ende, verwundet, verbrannt, dann doch lieber tot! Nein, nein, … naaaein!!! Wochenlang in den Höhlen in der Böschung vor der Schlacht gedrückt, im Schutz der Dunkelheit kamen wir herausgekrochen und plünderten die Verpflegungs-Container. Da kamen die Feiglinge ans Licht, als wechselten sie den Liebhaber. Ich bin treu … treu bis in den Tod! Les loups, ououh! ouououou h! Les loups, les loups … Ich werde die Befehle geben! Ich werde mich freikämpfen, ich werde singen. Les loups, ououh! ouououou h! Les loups étaient loin de Paris. En Croatie, en Germanie. Les loups étaient loin de Paris. J'aimais ton rire, charmante Elvire. Les loups étaient loin de Paris. Wie gerne hätte ich unter Giap gekämpft. Diese verfluchten St. Cyr-Absolventen. Wie hasserfüllt. Das Scheitern des Nebenbuhlers war ihnen lieber als das Überleben der Kameraden. Das Leid währt nicht ewig. Les loups ououh! ouououou h! Les loups sont sortis de Paris. Soit par Issy, soit par Ivry. Les loups sont sortis de Paris. Tu peux sourire, charmante Elvire. Les loups sont sortis de Paris. Les loups sont sortis de Paris … Les loups ououh! ouououou h … Über jene Nacht will ich schweigen. Aus Angst, verletzt zu werden, gab ich den einzigen Besitz dahin, mit dem wir geboren werden. Die körperliche Unversehrtheit. Wir träumen nachts in den staubigen Nischen des Geistes, wachen am Tag und sehen, dass wir eitel waren. Gefährlich sind wir, wenn wir am Tage träumen. Ich bin ein Tier. Ich bin das Tier. Der Dschungel war die Hölle, die Wüste. Niedergeschlagenheit und Lebensüberdruss in den Zeiten zwischen den Kämpfen. Tollkühn. Wir hatten uns bei Gott abgemeldet. Wenn ich zur Küste herunterkam, bestanden meine Mahlzeiten aus gepfefferten Gerichten. Krabben, Langusten, Krebse, Curry-Reis. Auf meinem Tisch stand immer gemahlener roter Pfeffer, den sie Berberi nannten. Teufelsgewürze. Nachts habe ich Christus am Kreuz angerufen. Doch er hat mich nicht erhört. Ich war allein. Dann die Schmerzen, die Lähmung. Eingesunkene Augen, schwarz umringt.

Kopfschmerzen ohne Ende. Ich fühlte mich wie ein zum Tode Verurteilter, den sie gleich holen. Ich war ein lebend toter Mann.

Am Ende der Sackgasse schwenkte das Motorrad nach links und durchquerte eine offene Toreinfahrt. In der Mitte des Hinterhofs riss der Fahrer die Maschine mit einem Ruck auf den Ständer, schob die Sturmbrille über den Rand des Helms und stellte den Motor ab. Die gelben Fliegerhandschuhe legte er auf den Tank. Den Schlüssel ließ er stecken. Er klopfte die Ledermontur ab und fuhr durch sein halblanges weißgebleichtes Haar. Prinz schaute sich um. Er stand in einem U aus circa fünf Meter hohen Wellblechhallen, grün gestrichen, die Farbe großflächig abgeblättert, das Blech zerbeult und voller Rostnarben. Er ging auf den mäßig erleuchteten Eingang zu, lauschte. Nichts, keine Bewegungen, keine Geräusche, außer einigen Regentropfen, die auf das Blechdach trommelten.

Sie hatten alles vorbereitet. Prinz lehnte sich an die eiserne Eingangstür, warf einen Blick zurück auf die Toreinfahrt und wartete. Nach Minuten vernahm er ein röhrendes Motorengeräusch. Das LKA sollte mal den Auspuff richten. Alter Borgward Hansa 2400. Prinz riss die Tür auf und verschwand in der Halle.

Kurz darauf trat Nevada ein und ein hartes Metallrohr bohrte sich in seinen Rücken.

»Calme! calme …«, flüsterte der Asiate aus der Bar. Er hatte ihm die Walther abgenommen und ließ die Patronen auf den Betonboden fallen. »En avant! En avant«, flüsterte er, wobei er ihn in die Mitte der Halle drängte.

Nevada erkannte Prinz im gelblichen Licht, das durch die

Hallenabdeckung fiel. Von der Decke hing eine nackte Glühbirne. »Keine Angst, Herr Hauptkommissar Engel, wir tun dir nichts … wollen nur ein wenig plaudern«, sagte Prinz.

Es befanden sich weitere Personen im Raum, die es bevorzugten, nicht erkannt zu werden. Nevada trat ein paar Schritte vor, da streckte Prinz die rechte Hand gegen ihn aus. »Bleib, wo du bist«, sagte er. »Du hast geredet. Du lässt uns wie Idioten aussehen. Wo bleibt der Respekt?«

»Weißt du nicht, wer vor dir steht?«

»Wir bezahlen dich. Du hast kalte Füße bekommen?« Prinz ballte die Hand zur Faust.

»Warum soll ausgerechnet ich geredet haben? Hältst du mich für so dämlich. Wie sollte ich? Häng ja selbst mit drin. Ich habe beste Ware besorgt, auf mich war immer Verlass. Jetzt habe ich einen Mord in einem Schrank am Hals, den verdanke ich euch.«

»Du schuldest uns Respekt. Das hast du vergessen.«

Mit lautem Knall sprangen zwei Scheinwerfer an und warfen grelles Licht in die Mitte. Nevada schlug die Hände vor sein Gesicht. Für den Bruchteil einer Sekunde glaubte er, eine massige Gestalt in einem wuchtigen Ohrensessel zu sehen. Die Scheinwerfer schwenkten nach rechts.

Eine Unheil verheißende Mischung aus Filmatelier und Reparaturwerkstatt tat sich vor seinen Augen auf, als er wieder mehr als nur ein paar Umrisse wahrnahm. Kameras auf Stativen, Mikrophone und Lautsprecher. Vor einer Backsteinwand erkannte er zwei Hebebühnen mit den sargähnlichen Vertiefungen darunter. Zwei Flaschenzüge an Laufschienen, mit schweren Ketten belastet, baumelten von der Decke. Im Vordergrund ein Schweißgerät mit mannshohen Gasflaschen, eine in Rot, die andere in Blau. Eine Werkbank mit Schraubstock zur Streckbank umgebaut, darauf Eisenstangen, Zangen, ein schwerer Vorschlaghammer. Er war zum ersten Mal im Atelier, wie sie es nannten. Bislang hatten sie es vor ihm geheim gehalten.

Zwei Hände wie Schraubstöcke umfassten ihn von hinten.

Nevada drehte sich um und lachte. »Und wo sind die Mädchen?«

»Heute Abend nicht.«

Nevada lachte laut auf. »Schade.«

Der verdammte Junkie hatte ihn drangekriegt, dachte er.

»Die Kleine, die du uns zuletzt geliefert hast. Das war ein Unfall«, hörte er Prinz' Stimme dicht an seinem Ohr. »Niemand hat das gewollt. Sie hatte ein schwaches Herz. Das hättest du uns sagen müssen.«

»Kann sie schlecht vorher zum Arzt schleppen.«

»Wir haben sie nur entsorgt.«

»Wer?«

»Euer Schmierenpoet.«

Nevadas Knie gaben nach. Der Asiate hielt ihn fest umklammert.

»Dieser Schmierenpoet war ein blutiger Anfänger. Wenn du kleine Mädchen zum Orgasmus würgen willst, musst du wissen, wann du aufhörst.«

»Wenn ich gewusst hätte …«

»Er wusste, auf was für ein Spiel er sich einließ. Es hat ihm gefallen.«

Aus dem Hintergrund erklang Musik, die anschwoll und schmerzhaft laut wurde. Schlagermusik. Aus dem Dunkeln heraus sangen einige Stimmen mit.

»Hast du den Alten im Wald umgelegt?«, fragte Nevada.

»Ich, ich habe ihm nichts getan … er lag auf dem Feld … schwer verletzt … er stammelte was von: die Krähen, die Krähen … was hab ich getan? … warum? … ich habe ihn nur in die Hütte getragen.« Der Asiate drückte Nevada ein Knie in den Steiß. »Ich glaube, der Poet hatte sich verliebt. Willst du mal sehen, wie er sie angehimmelt hat? Wir haben es auf Band.«

Nevada wollte schreien. Er brachte keinen Ton heraus.

»Ich hätte ja Mitleid mit dir, doch der Korse will ein Exempel statuieren. Das musst du verstehen. Er muss ein Zeichen setzen«, flüsterte Prinz, »für den Korsen bist du ein großer Verlust. Ich hätte dir die Knie zerschossen, das hätte mir gereicht.«

Colmar war Prinz zu den Hallen gefolgt. Als er nach Stunden den Hinterhof auf dem Motorrad verließ, wartete er jedoch im Wagen ab, den er vor einer Backsteinmauer zwischen den Lagerhallen geparkt hatte. Und tatsächlich verließen kurz darauf weitere Fahrzeuge den Hof. Einen Wagen steuerte der Asiate, den Colmar angeschossen hatte.

Als er ausstieg und in den Hof ging, war niemand mehr da. Die Tür zu einer Werkstatt stand offen. Flaschenzüge, zwei Hebebühnen, eine Werkbank, die ideale Einrichtung, Schmuggelfahrzeuge aus- und umzurüsten. Ein antiker Ohrensessel, bezogen mit schwerem Stoff, klassische Blumenmotive, französisch in blauweißroten Farben, stand einsam in der Mitte.

Oskar Engel, der sich in dieser Welt Nevada nannte, saß vor ihm. Sie hatten ihn gefoltert und hingerichtet. Leere Augenhöhlen, Brandmale auf der nackten Brust. Der Kopf zur rechten Seite gesackt, eine Eisenzwinge um die Stirn. Getrocknetes Blut zog eine schmierig hässliche Spur zu einem der Flaschenzüge. Um seine Schreie zu ersticken, war ihm ein Fetzen eines bunten Kleids als Knebel in den Mund gestopft worden. Vier

Krampen, gut geschmiedete Nägel waren ihm in den Körper getrieben worden. In die Gelenke. Die Spitzen ragten hinten raus.

Colmar sah sich Nevadas verkrampfte linke Hand an. Er schlug die Fliegen weg und brach die Finger auseinander. Am Ringfinger ein tief eingegrabenes Mal. Hier hatte Nevada den Silberring getragen. Warum hatte er ihn dem wirren Kunstmaler verpfändet?

Der Hund wartete in der Eingangstür.

Was hatten sie dem armen Nevada gegeben, um seine Marter zu verlängern? Der ehemalige Leutnant der Feldgendarmerie hatte sich von ihm entfernt. Colmar fühlte nichts. Engel war untreu bis an die Grenze zum Verrat gewesen. Er hatte ihn in Algier im Stich gelassen, war mit den Kamelen und Waffen geflohen und hatte Colmar der ALN überlassen. Er wusste genau, was sie mit ihm anstellen würden. Colmar spuckte ihn an. Er hatte diesen Tod verdient. Prinz war ihm nur zuvorgekommen. Er beseitigte die Zeugen. Wozu? Kein Mensch interessierte sich für das, was in Algerien passiert war.

Colmar wollte das Schicksal korrigieren. Er steckte Nevada den Silberring an, den er in der Hütte des Malers gefunden hatte.

»Jetzt bist du wieder ein Engel in einer fernen Welt«, flüsterte er. »Aber hier kannst du nicht bleiben.«

Das Leben ist kurz wie eine Jahreszeit

Der Ostwind brachte den strengen Geruch von Harz und glühender Holzkohle über die Berge. Wenn er ein Insekt sein müsste, dachte Cremer, wollte er eine Mantis religiosa sein. Er würde grausam sein. Er würde sich seiner Umgebung anpassen. Er konnte ein Zweig sein, eine Statue, ein Stein, er konnte alles sein. Er konnte sich verändern, wie er wollte, in was er wollte. Er konnte alle Farben annehmen und anschließend legte er sich einfach hin und wartete. Die Fangarme zusammengelegt, wie zum Gebet erhoben. Cremer stand auf einem zum Weinanbau vorbereiteten Hügel. Im letzten Herbst hatten die Weinbauern hart gearbeitet. Holzstangen und Drahtverspannungen waren aufgerichtet. Die alten Reben von nahegelegenen Weinbergen umgepflanzt und vor dem Wintereinbruch mit Reisig geschützt. In ein paar Jahren konnte geerntet werden.

Er lehnte gegen ein Marienmarterl aus rotem Sandstein. Im Mai würden die Marienstandbilder in Prozessionen von Marterl zu Marterl getragen, mit viel Gesang und Gebet. Hatten viele Menschen auf dem Land auch ihren Glauben an Gott verloren, die Wegkreuze und Marterl ließen sie nicht verkommen. Sie wollten sich rückversichern, den Weg in die ewige Glückseligkeit offenhalten. Den Judenfriedhof von Sulzburg entdeckte er am Rande des Horizonts. Er duckte sich in eine

Talsohle vor den Bergen des Schwarzwalds. Er war verwüstet. Bis heute hatte sich niemand gefunden, den Anger wieder herzurichten.

Cremer drückte den Feldstecher gegen die Augen. Dann setzte er ihn ab und ließ ihn am Lederriemen baumeln. Etwas beunruhigte ihn, seitdem er davon erfahren hatte, dass die Zigeuner an dieser Stelle ihr Lager aufgeschlagen hatten. Es gab Gerüchte, dass der eigentliche Besitzer des *du Tonkin* ein halber Zigeuner war. Ein Bastard, aber wer wusste schon Genaues? Immer wieder fiel der Name Meiers, wenn Cremer jemanden nach Prinz ausfragte.

Selbst Krüger hatte ihn erwähnt. »Meiers ist ein Zigeuner, ich meine ein richtiger. Von Seiten des Vaters oder der Mutter. Ich habe da im Krieg so etwas läuten hören. Hat sich der Rassenfrage wohl entzogen, indem er besonders heikle Sachen an der Front übernahm. War 'ne Zeit lang in Indochina und auch in Algier, die Legion, du weißt schon.« Eine Information, die Krüger nur von französischer Seite haben konnte. Das hatte Cremers Aufmerksamkeit auf das Lager an der Grenze gelenkt.

Er zog die kaltfeuchte Luft in die Lungen, hustete. Vielleicht auch nur eine von Krügers verrückten Fantasien. Cremer setzte das Fernrohr ab, stieg in den Dienstwagen und fuhr in das Lager, das sie mitten auf einer Wiese aufgeschlagen hatten. Es lag verlassen in einem Buchenhain mit Blick hinüber auf die Schweizer Seite.

Pferdewagen, Schäferwagen, Wohnwagen, ein wildes Durcheinander an Unterkünften. Drei amerikanische Straßenkreuzer in Schwarz und Hellblau, die still vor sich hin rosteten. An zweien waren die Kennzeichen abmontiert. Die Pferde waren abgespannt, durchnässt standen sie in Decken gehüllt unter den abgelaubten Buchen, die kaum Schutz boten.

Es war Sturmwarnung gegeben worden. Ein zweiter in allerkürzester Zeit auffrischender Orkan sollte mit mindestens 170 km/h über die Hügel des Schwarzwalds fegen. Kein guter Ort für ein Lager. Außer sie würden in der Nacht über den Rhein setzen wollen.

Cremer trug den mittelbraunen Dienstanzug M1943, die Beinkleider wurden von Gamaschen M1938 zusammengehalten, dazu sandfarbene Dienstschuhe, alles aus US-Kriegsbeständen. Kein Schmuck, keine Orden, keine Abzeichen. Lediglich das Granatenemblem, das früher sein Barett zierte, hatte er sich ans Revers geheftet. Als deutscher Polizist konnte er kaum in einem Zigeunerlager auftauchen.

Eine greise Zigeunerin kam ein paar Schritte auf ihn zu. In seinem Gesicht musste eine Frage stehen, denn die Alte schenkte ihm einen durchdringenden Blick, während sie die Hände in die Hüften stemmte. Sie zeigte eine goldene Zahnreihe, als sie ihn anlächelte. Oder lachte sie ihn aus?

»Sagst du mir die Zukunft voraus?«, forderte er sie auf und streckte ihr seine Hand entgegen.

»Du hast keine«, sagte sie.

»Wie meinst du das?«

»Deine Zukunft ist aufgebraucht.«

Er steckte die Hand in die Hosentasche.

»Du hast Angst. Du bist allein.«

»Und dann hat man keine Zukunft mehr?«

»Einfach nur Angst.« Mit den Worten verschwand sie um einen Wagen.

Keine Kinder, die sich halbnackt in den Pfützen wälzten. Keine bunt gekleideten Frauen mit übergroßen goldenen Ohrringen, so wie Cremer sie vom Süden Frankreichs oder Nordafrika her kannte. Aus einem Wohnwagen kletterten halbwüchsige Mädchen, lachten ihn aus, hoben ihre Röcke, zeigten ihm ihre blanken Hintern. Zwischen schrottreifen Herden und Tränken, ausgeschlachteten Motoren, Haufen von eisernem Unbrauchbarem, bereit, eingeschmolzen zu werden.

Aus einem ausrangierten Postbus, die Fenster mit Vorhängen verhangen, die keinen Lichtschein durchließen, vernahm Cremer Stimmen. Immer wilder und lauter wurde das Geschrei, je näher er dem Wagen kam. Aus einem Kaminrohr quoll weißlich grauer Rauch.

Eine Bullenhitze musste den Wagen aufheizen.

Als Cremer den Bus betrat, wurde sein Eindruck bestätigt. Das Gebrüll verstummte abrupt. Alle Augen richteten sich auf ihn. Ein Kanonenofen glühte in der hintersten Ecke. Krebsrot gekochte Gesichter leuchteten ihm entgegen. Der Boden war mit persischen Teppichen ausgelegt.

Ein fetter Zigeuner, strähniges Haar, schlug einem dürren, jungen Zigeuner mit bloßem Handrücken ins Gesicht. Dazu hielt er ihm einen Trommelrevolver an die Stirn. Zehn Zigeuner an der Zahl klatschten in die Hände und warfen Geldscheine, ganze Bündel auf den Teppich in die Mitte. Eine wilde Horde von jungen Kerlen mit nackten, glänzenden Oberkörpern in einem zu engen Raum. Sie hatten sich bunte Tücher um die Stirn gebunden.

»Was machst du hier, Cremer?«, fragten sie ihn und umringten ihn. Er war verwirrt, er begriff nicht, woher sie ihn kannten. »Cremer … Hauptmann Hans Cremer, bind dir ein Tuch um die Stirn und mach den Oberkörper frei, dann gehörst du dazu. Was meinst du?«

Das Sinti-Oberhaupt drückte den Abzug und ließ anschließend die Trommel rotieren. Einer der Jungen machte mit drei

Fingern ein Zeichen und schrie etwas in einer Sprache, die Cremer nicht verstand. Immer wieder stieß er die Worte hervor und hob drei gestreckte Finger in die Luft.

»Eine Kugel, immer nur eine Kugel«, schrie einer der Jungen. Er hielt sich den Lauf an die Schläfe und drückte ab. Es gab einen hohlen Schlag, und der junge Kerl schrie wirr auf, dann packten ihn zwei Artgenossen an den Oberarmen und zerrten ihn zu Boden. Er zuckte, als hätte er sich das Hirn weggeblasen.

»Was machst du hier, Cremer?«, fragte die Stimme erneut. Cremer sah ein, dass er einen fürchterlichen Fehler begangen hatte. Er hätte niemals alleine hierherkommen sollen. »Das gehört dazu, das bleibt nicht aus.« Das Oberhaupt schlug die Beine übereinander. »Wir spielen hier Leben und Tod. Einfach so. Haben die das auch mit dir schon gespielt?«

Mittlerweile stand ein weiterer Kandidat in der Mitte. Sie schlugen ihm ins Gesicht. Es kam offensichtlich jeder an die Reihe. Sie rotierten wie auf einem Kirmeskarussell. Sie schlugen den Zitternden pausenlos und hielten ihm den Lauf an die Stirn. Trotz glühender Wangen erschien es Cremer so, als habe der Junge keinen Tropfen Blut mehr im Gesicht. Er war schreckensbleich und riss die Augen auf, als müsste er alles um ihn herum ein letztes Mal in sich aufsaugen.

Das Oberhaupt hielt eine silbern blinkende Patrone so ins Licht, sodass alle sie sehen konnten, schlug die Trommel zur Seite und setzte sie ein, bevor er die Trommel erneut rotieren ließ, auf Cremer zielte und den Abzug drückte.

»Cremer, kennst du eigentlich die Geschichte vom vierten Kreuznagel Christi? Hast du nicht immer behauptet, du könntest hinter die Masken der Menschen blicken?« Woher wussten sie das alles über ihn? Er stand nur da und ergriff nicht die

Flucht. Eine falsche Bewegung, und er würde den Wagen nicht mehr lebend verlassen.

Sein Kopf drohte zu zerplatzen. Er stierte auf die Hände des Alten. Sie hielten die rostige Knarre mit der silbrig blinkenden Patrone wie eine Monstranz, die er gegen Himmel richtete. Auch wenn Cremer nicht wusste, ob er diesen Moment überleben würde, kramte er in seiner Hosentasche nach dem Silberring und hielt ihn in der geschlossenen Hand.

»Der Schmied hatte kein Eisen mehr für den vierten Nagel«, lachte das Oberhaupt.

Cremer trat einen Schritt auf einen Tisch zu, öffnete die Hand und legte den Silberring auf die Tischplatte. Er hörte ein Ziehen am Abzug, hörte, wie die nächste Kammer mit der Patrone vor den Hahn gebracht wurde. Es gab einen dumpfen Schlag. Irgendwo im Blech der gewölbten Decke schlug die Kugel ein.

Ein haariger Fleischfetzen klebte am Lauf, als das Oberhaupt die Waffe hob. Eine dünne Blutbahn rann über die Schläfe des toten Jungen. Sie ließen die Waffe in ihren Reihen wandern. Jeder schoss ein weiteres Mal auf den Toten, obwohl keine Kugel mehr im Lauf war.

»Geh raus … und tu, was du tun musst, Cremer. Hier gehörst du nicht hin. Nimm den Ring, ich brauch ihn nicht.« Der Mann Cremer gegenüber blickte durch ihn hindurch. Er würde ihn töten, wenn er der Aufforderung nicht augenblicklich Folge leistete. Er hatte keine Wahl. Er brauchte nicht mit Verstärkung zurückzukehren. Der Tote würde verschwunden sein. Der Wagen gesäubert. Niemand würde ihn kennen, aussagen, dass er schon einmal hier gewesen sei. Cremer taumelte zurück, griff hinterrücks nach der Klinke, fiel die Stufen hinunter und landete im Sand, der um den Wagen aufgehäuft war.

Wie gefärbtes Mehl wehte der Wind ihn in dünnen Schichten wie ein rotgelber Hauch auf die Bäume, die Wagen, die Dächer. Alles was sich bewegte, alles was im Freien lag, war gefärbt und bestreut. Wie vom Saharasand. Er kam so selbstverständlich über die Landschaft wie im Oktober und November der erste Schnee.

Cremer richtete sich auf. Am Horizont spannte sich ein prächtiger Regenbogen vom Aargau, über den Rhein hinweg, zum Schwarzwald hin.

Es waren jetzt viele Kinder zu sehen, für Nachwuchs war gesorgt. Ein farbenfroher Schwarm rannte umher und stocherten mit Stöcken in den mit dünnen Eisschichten bedeckten Regenpfützen. Einige spielten Ball und traten einen ledernen Fußball zwischen zwei Pflöcke. Die Hunde stöberten zwischen den Wohnwagen herum, jagten einander. Cremer sah junge, bunt gekleidete Frauen. Die halbwüchsigen Mädchen sah er nicht mehr.

Er schwankte wie angetrunken, als er auf den Mercedes zuging. Bei den Pferden tauchte die greise Zigeunerin wieder auf.

»Du bist allein«, rief sie ihm hinterher.

Als er in den Mercedes stieg, öffnete er gleich das Handschuhfach. Die Dienstwaffe war an ihrem Platz. Er nahm sie in die Hand. Er sollte zurückgehen und das ganze Nest ausräuchern, aber er zitterte.

Im Losfahren glaubte er die Stimme der alten Zigeunerin zu hören. Meiers. Es dröhnte in seinem Kopf. Auch er war dabei gewesen ... er, Cremer, der Adjutant ... wie hatte er Meiers vergessen können ... Cremer, Meiers, auch Menger.

»Das liegt nicht in Ihrer Verantwortung. Cremer«, hatte Krüger ihn vor Stunden zusammengestaucht. »Sie haben nur Befehle auszuführen. Auch ich habe Befehle auszuführen. Wir machen unsere Arbeit, ob es uns passt oder nicht. Kommen Sie zu sich, Cremer. Wir sehen uns morgen zur ausgemachten Zeit. Und, Cremer, Sie sorgen mir dafür, dass alles glatt läuft. Das ist ein Befehl! Ich verlange eine brutale Pflichterfüllung von Ihnen, ob Sie wollen oder nicht. Ihr Gewissen ist in keiner Weise berührt. Sie sind auf den Eid verpflichtet, alles andere zählt nicht. Sie sind Soldat, der bedingungslos jedem Befehl zu gehorchen hat … Befehle sind auszuführen. Vor Gott trägt nur der Führer die Verantwortung.«

Es dröhnte und hallte nach, so weit er sich auch vom Lager entfernte. Cremer sah sich salutieren. Er trat in eine Öde, eine Leere, in eine gottlose Verlassenheit ein.

Er war ein junger Offizier gewesen. Ein gelehriger Schüler. Er dachte an die Aufzeichnung, die er in der Hütte gelesen hatte:

… Tausend Blüten … das ist die Lektion der tausend Blüten … sammle so viele runde Steine, wie du kannst, und lege sie zu einem Kreis … du darfst diesen Ring aus Steinen nicht verlassen, was auch passiert … selbst wenn du getroffen wirst … bleibe immer in diesem Kreis und weiche dem Schwert aus … sieh nicht das Schwert an, sieh in meine Augen! … siehst du deinem Gegner in die Augen, weißt du, welche Bewegung er als Nächstes macht … denke mit dem Körper, nicht mit dem Schwert … bewege dich wie ein Tier … wie ein Schwert …

Und Cremer fuhr. So weit weg wie nur irgend möglich.

Ne demande jamais

Es roch nach abgebrannten Kerzen, warmem Wachs, nach Paraffin, dem rußigen Dampf sterbender Kerzen. Da hatte jemand alle Kerzen, die er in der heiligen Halle finden konnte, zusammengetragen und um die bestialisch zugerichtete Leiche Nevadas herum aufgestellt. Einige der Kerzen brannten in den letzten Zügen. Rauff nahm hinter dem Altar Aufstellung, wo in einer Nische eine Art Sakristei eingerichtet war. Ein kräftiger Strick baumelte vor seiner Nase, führte nach oben in ein Türmchen, in dem eine bronzene Glocke hing. Er war im Knabenalter Ministrant gewesen. Wie alle anständigen Buben, bevor er sich den braunen Horden angeschlossen hatte. Er wusste, wie man eine Glocke in Schwung versetzte.

Vor dem geschändeten Nevada schlug er ein Zündholz an und blies den Rauch des Stumpen in alle Himmelsrichtungen, dann kniete er nieder. Am rechten Ringfinger des Toten blinkte ein silberner Ring. Der war ihm bei Hauptkommissar Oskar Engel nie aufgefallen. Rauff warf einen Blick hinauf zum Altar. Der Gekreuzigte erschien ihm wie aus Fleisch und Blut. Da hing er an seinem Kreuz, mit drei Krampen angenagelt und sah auf sie herab, während hier auf Erden vier Nägel in einem Leichnam steckten.

Auf dem Weg zu Krügers Büro steckte Rauff Cremer, was mit Nevada geschehen war. Sie traten ein, ohne anzuklopfen. Krüger begrüßte sie jovial.

»Cremer, mein Lieber, sicher hat dich der Kollege Rauff schon informiert. Alles eben, was wir wissen. Ich habe getrauert. Ihr könnt das ja auch tun und dann Schwamm drüber. Irgendwann solltet ihr mir die Schweinebande liefern. Oder muss ich auf meine alten Tage noch mal in den Schützengraben? Stahlgewitter und Schrapnell. Die Bajonette aufgepflanzt. Ich hab's noch nicht verlernt. Außerdem wolltest du mir doch immer schon die Legende vom vierten Kreuznagel Christi erzählen«, wandte er sich an Cremer. »Ist vielleicht nicht der Augenblick, doch was soll's. Folter ist Folter. Mit oder ohne Erlösung, wir sind da ja nicht so zart besaitet. Das mit dem vierten Kreuznagel interessiert mich brennend.«

»Irgendwie hängen die Morde untereinander zusammen«, ging Cremer nicht auf Krüger ein.

»Oder auch nicht.« Rauff schüttelte den Kopf. »Ich seh' nicht unbedingt einen Zusammenhang.«

»Setzt euch. Ich lass uns Kaffee kommen.« Krüger griff zum Telefon und orderte Kaffee für drei, wie er sich ausdrückte. Dann ließ er die Zigarrenkiste rumgehen. »Kubanische, wir konnten eine ganze Ladung sicherstellen.«

Ein Adjutant kam mit einem edlen Service aus englischem Porzellan auf einem Silbertablett und servierte den Kaffee und Ingwerkekse.

»Diesen Hundesohn mache ich fertig.« Krüger schraubte sich aus dem Sessel hoch. Er war wie ausgewechselt.

»Wen meinst du?«, hakte Rauff nach.

»Entschuldige bitte, du machst dir keine Vorstellungen, was das hier alles bedeutet. Das ist eine direkte Kampfansage. Die Franzosen zeigen mir, dass sie machen können, was sie wollen.

Unser Land verfügt über durchlässige Grenzen, diskrete Landepisten und eine zivile Staatsmacht, die bis heute nicht souverän ist. Und die Gegenseite? Mediterranes Gesindel, eindeutig Mafia, das sieht doch ein Blinder. Polizei und Armee, die Politik. Korrupt, wie es im Buche steht. Vor Fünfundvierzig wären die allesamt unter das Fallbeil geschoben worden.«

»Wir haben den Krieg verloren. Nicht in Frankreich. Wir würden es nicht anders machen«, sagte Cremer.

»Nevada steckte mit den Franzosen unter einer Decke. Über diesen Zuhälter Prinz hatte er Kontakt mit dem Korsen«, sagte Rauff.

»Der Kirche dient man nicht nur mit einem Ave-Maria«, brummte Krüger.

»Ich muss noch mal auf das Narbengesicht zurückkommen.« Cremer wusste nicht, wie weit er Krüger in seine Gedanken einweihen sollte.

»Denkst du an Meiers?« Krüger nahm ein knappes Zucken um Cremers Mundwinkel wahr. »Liege ich richtig? Ist das unser Mörder? Ist Meiers der Sauhund, den wir suchen?«

»Wenn er der ist, den ich meine, nennt Meiers sich jetzt Colmar«, sagte Cremer. »Das ist sein Legionsname.«

»Ich weiß schon lange, dass ihr gemeinsam in der Fremdenlegion wart«, sagte Krüger. »Glaubt ihr im Ernst, dass ich euch das mit der jahrelangen Gefangenschaft abgekauft habe?« Krügers linke Hand griff nach der Schatulle mit dem übergroßen Bergstiefel, klappte den Deckel auf und angelte blind nach drei Pralinen. Zartbittere Schokolade gefüllt mit Kirschwasser im Zuckermantel. Er stopfte sich zwei davon in den Mund und ließ sie auf der Zunge zergehen. Die dritte Praline betrachtete er, wie sie langsam die Schokolade freigab und seine Finger klebrig braun färbte.

»Die Narben hat er sich bei irgendeinem krummen Geschäft in Algier geholt«, klärte Cremer in die Runde auf. »Ich habe es von einem Ehemaligen, der jetzt beim französischen Geheimdienst ist.«

»Mörder bleibt Mörder!«

»Irgendeine Frauengeschichte spielt da wohl eine Rolle.« Cremer beugte sich vor, um an die Ingwerkse zu kommen. »Etwas zwischen Prinz und Meiers oder besser gesagt Colmar.«

Krüger legte eine längere Pause ein, als hätte er den Faden verloren. Dann sagte er: »Wenn das Narbengesicht mit dem Hund Meiers ist ...«

»Er hat sehr viel Wert daraufgelegt, seine Spuren zu verwischen«, unterbrach Cremer ihn, »der französische Geheimdienst ist ihm erst vor ein paar Wochen auf die Schliche gekommen. Auch wenn er früher mal ein Polizist war, heute ist er ein gefährlicher Killer.«

»Aber warum Menger? Warum Müller? Und was ist mit den Mädchen?«, sagte Krüger.

Das Telefon klingelte. Er ließ es klingeln. Am anderen Ende der Leitung würde Commandant Proust sein.

Er nannte sich Bormann. Die Tankstelle diente der Tarnung. Sie war das Entrée zum Boxsport-Süd. Auch wenn die Verbindungsleute und Beauftragten sich untereinander nicht persönlich kannten, erschien es sinnvoll für Cremer, sich als Nevada auszugeben. Seine Nachforschungen legten eine Verbindung Nevadas zum Boxsport-Süd nahe. Die häufigen Funkkontakte mit der Tankstelle konnte Cremer sich nicht anders erklären.

Der Kiosk war leer, als er ihn betrat, und sah erbärmlich aus. »Ist da wer?«, rief Cremer im Kassenraum. »Hallo! Hallo …« Geräuschlos und tauchte völlig überraschend eine Person hinter ihm auf.

»Ja was is', wollen Sie tanken?« Das musste Bormann sein.

»Ja, voll bitte. Und der Motor stottert, ich glaube der Vergaser …«

»Dann sehen wir mal nach.« Bormann, gedrungen, stämmig und sportlich, in Gummistiefeln und im Blauen Anton, ruderte mit den kurzen Armen und zeigte wenig Lust, nach draußen zu gehen. In der hintersten Ecke des in einem spitzen Winkel zulaufenden Kassenraumes klingelte ein Telefonapparat auf einem hölzernen Klappstuhl.

»Augenblick«, sagte Bormann und schob sich an Colmar vorbei.

»Lassen Sie sich Zeit, … bitte.« Cremer entschied aufs Ganze zu gehen und sagte: »Ich komme von unseren gemeinsamen Freunden.«

Bormann stand mit dem Gesicht zur Wand. Der Tankwart griff mit der linken Hand ungelenk nach dem Hörer, drückte die Muschel ans linke Ohr, warf über die Schulter einen Blick auf Cremer, wandte sich wieder der Wand zu und murmelte unverständliche Worte. Er spielte den Harmlosen. »Ich seh' mal nach dem Vergaser«, sagte er, wandte sich aber nicht zum Ausgang, vielmehr griff er nach etwas hinter einem Schrank. Als er mit einer Waffe in der Hand sich umdrehte, schlug Cremer ihm blitzschnell auf beide Ohren. Bormann sackte in die Knie und ließ die Waffe fallen. Als Cremer sich nach der Waffe bücken wollte, kam der Tankwart schneller als geplant wieder auf die Beine. Mit der linken Hand hebelte er den mindestens zwei Köpfe größeren Cremer über Ellbogen und Schulter in eine so schmerzhafte Position, dass Cremer die Waffe erneut fallen ließ, und schmiss ihn zu Boden. Cremer knallte mit Stirn, Nase und Kinn auf den rutschigen Kachelboden. Der finale Tritt in die Weichteile, auch der Schlag mit der bereitstehenden Eisenstange blieben jedoch aus. Hellrot floss Blut aus Cremers Nase. Auch die Stirn hatte er sich aufgeschlagen.

Er zog sich an einer Tischkante hoch und schleuderte den Fernsprechapparat vom Klappstuhl in Bormanns Richtung, holte mit dem Stuhl nach ihm aus, als er sah, wie der Tankwart mit einem spitz zugeschliffenen Schraubenzieher auf ihn einzustechen suchte. Würde er ihm den Schraubenzieher in die Arteria Subclavia stoßen, käme jede ärztliche Hilfe zu spät. Er würde wie ein Schwein ausbluten. Cremer rammte ihm die Stuhlbeine in die Brust, zog den Stuhl hoch und drückte mit einem Holzbein in den Hals seines Gegners. Der Schraubenzieher rollte über die Kacheln. Er trat die Waffe weg und setzte Bormann außer Gefacht, indem er ihn mit einer Flasche aus dem Kühlregal niederschlug.

Den Ohnmächtigen zerrte er über den Boden zu einem Heizungsrohr und fesselte ihn daran. Aus Bormanns rechtem Ohr floss dunkelrotes Blut. Cremer fand die Waffe neben einem Zeitungsständer. Nachdem er Bormann Wasser ins Gesicht geschüttet hatte, richtete er die Waffe auf ihn. Wenn er diesen Nazi erschießen würde, wäre die Waffe nicht zu ihm zurückzuverfolgen. Er spannte den Hahn.

»Wo ist Prinz?«, fragte er.

Auf Anschlag

Kurz vor Mitternacht betrat Colmar das du Tonkin. Diesmal ließ er den Hund im Auto zurück. Der Asiate versteinerte, rang mit sich und hielt eine Hand unter den Tresen und beobachtete jede seiner Bewegungen. Colmar durchquerte den Raum, bis er vor dem Tisch voller Legionäre stand. Er fingerte an der Brusttasche herum und suchte nach einer Gitane. »Was soll ich tun, Kameraden? Ich habe nur zwei Hände, die Linke für ein Glas, die Rechte für den schwarzen Mann. Und welche nehm' ich für das Feuerzeug?« Sie schauten ihn verdutzt an, dann brachen sie in ein schallendes Gelächter aus.

»Lass stecken Kamerad«, sagte ein Legionär und stand auf. »Deine sind ja nass, wie ein begossener Pudel. Regnet es oder schneit's schon wieder?« Er hielt Colmar die eigenen Zigaretten hin und gab ihm Feuer. Colmar nahm dankend eine trockene Troupe.

»Eher Schneematsch. Ist ein Sauwetter.« Er stieß mit den Soldaten an. Jeder der Soldaten trug auf der linken Brustseite das Springerabzeichen. Die beiden Legionäre die *fourragère*, die rote Fangschnur.

»Algerien?«, fragte der Legionär, der Colmar am nächsten stand.

»Indochina«, sagte Colmar, »2. REP.« Wie in Zeitlupe schlug

er rechts den Kragen seines Jacketts um und entblößte das blaue Indochina-Bändchen.

»Mes camarades. Nordafrika natürlich auch. Wir lassen doch nichts aus.« Colmar sah sich nach dem Asiaten um, der immer noch den Eindruck erweckte, ihn am liebsten über den Haufen zu knallen. Aber offensichtlich hatte Prinz ihm das verboten.

»Die Weiber sind hier so …«, der Legionär, der sich als Wortführer herausstellte, brachte die Spitzen des Daumens und des Zeigefingers seiner rechten Hand zu einem 0 zusammen, »… heiß und scharf, das kann man sich gefallen lassen.«

»Merci, mes camarades«, sagte Colmar und kehrte zur Theke zurück.

»Wo ist Ava?«, fragte er den Asiaten, der ihn feindselig anschaute. Am rechten Bein trug er einen Verband.

»Eine Ava hat es hier nie gegeben«, antwortete der Asiate und hielt sich mit der Linken ab Abtropfbecken fest. »Nicht, seit ich in der Bar arbeite.«

»Und wie lange bist du schon hier?«

Der Asiate antwortete nicht.

»Einen Pastis.« Colmar bestellte einen weiteren, nachdem er den ersten gekippt hatte, ohne ihn zu verdünnen.

Der Asiate hielt die Wasserflasche über das Glas, nachdem er den Schnaps eingefüllt hatte, und sah ihn an, als sich plötzlich eine Hand auf Colmars Arm legte.

»Heidi, ich heiße Heidi. Gehen wir nach hinten«, sagte die Blondine.

»Jeff, ich bin Jeff Colmar«, sagte er, legte seine Hand in ihre und ließ sich führen.

In einem der Hinterzimmer stieß sie ihn rückwärts auf eine Couch und zog seinen Kopf nah vor ihr Gesicht heran. Dann öffnete sie langsam die Beine, um sich auf ihn zu setzen.

Sie schwiegen sehr lange danach und rauchten.

Colmar hatte sich einen Aschenbecher auf den nackten Bauch gestellt. Sie lag nun auf dem Rücken und sah an die Decke. Seine linke Hand ruhte auf ihre rechte Brust gelegt. Allein eine Stehlampe mit einem glänzenden hautfarbenen Seidenschirm beleuchtete sie, davor eine Vase, die einen ägyptischen Frauenkopf darstellte, mit einer einzelnen weißen Rose.

»Ich habe dich überall gesucht«, begann er, »bis hierher bin ich dir gefolgt. Du musst verstehen, ich wollte nicht eifersüchtig sein, ich hatte mich einfach nicht mehr unter Kontrolle. Warum hast du nie von dir hören lassen? Für mich bist du keine Verräterin, was solltest du auch zu verraten haben? Indochina war die Hölle, aber das wusstest du ja auch, das war in unserer ersten Nacht.« Colmar hörte die Geräusche von der Straße vor der Bar. Es war gegen 5.00 Uhr in der Früh. Der Hafen erwachte. Frische, kühle Morgenluft drang in das stickige Hinterzimmer, als er das Fenster öffnete. Erste Autos, erste Passanten.

Heidi schloss die Augen. Sie lag mit einem Verrückten zusammen, der nicht merkte, wie verrückt er war.

»Wir sehen uns wieder«, flüsterte er der einschlafenden Frau zu. Er dachte an das, was ihn draußen auf den Straßen der Stadt, im Hafen, im Wald erwartete.

Er zog seinen Revolver, wog die Waffe in der Hand und richtete den Lauf auf die Schläfe der Frau.

Sie würde niemandem gehören.

Um 8.32 Uhr saß Colmar hinter einem Hotel am Rheinufer und reinigte seine Büchse, während der Hund Löcher am Ufer grub. Die *Heeren* hatte Colmar seinerzeit in Paris aufgetrieben.

Eine an sich zuverlässige Büchse, die bei Glaser in Ferlach in der Schweiz hergestellt wurde. Mit ihrem integrierten Rückstecher und dem vorn angeschlagenen Abzugsbügel, einem ordentlich funktionierenden Zielfernrohr, war sie trotz ihrer Länge von 1067 mm und einem Gewicht von 3800 g für den gegebenen Zweck durchaus geeignet.

Er nahm sie völlig auseinander, reinigte sie sorgfältig und setzte sie wieder zusammen. In genau einer halben Stunde würde er im nahe gelegenen Steinbruch ein paar Probegänge durchführen. Mit Blick auf den Hund, der über die Wiesen fetzte, sagte er: »Sang et merde. Er will, dass wir uns mit Blut und Scheiße beschmieren. Kannst du haben, Prinz, wirst du haben und Schluss, Schluss mit allem.« Noch vor Mittag wollte er im Jura sein. Seinen Platz einnehmen und über die steile Spitzkehre am Oberlauf des Doubs auf die alte Mühle schauen.

Zwei Stunden später saßen sie im 404 und fuhren in Richtung Thann, Belfort. Über Landstraßen und Feldwege näherten sie sich dem Oberlauf des Doubs. Auf der geraden Strecke eines Waldstücks zeigte der 404, was in ihm steckte.

13.23 Uhr. Colmar fixierte das grün schimmernde Zifferblatt seiner B-Uhr. Einer Armbanduhr für astronomische Navigation, die ihm ein gewisser Luftwaffen-Hauptmann mit Namen Marseille aus Dank für seine Verschwiegenheit zugesteckt hatte. Sie war aus poliertem Metall mit einem schwarzen Lederarmband. Das runde Zifferblatt mit einem Durchmesser von etwa 4,7 cm war schwarz mit Einteilung, Ziffern und Zeigern in hellgrüner Leuchtfarbe. Die Zahlen in arabischen Ziffern. Der schmale Sekundenzeiger reichte bis zum Rand und konnte durch Druck auf das Aufziehrädchen gestoppt werden, sodass die Uhr auch als Stoppuhr verwendet werden konnte. Sie besaß die Einteilung in 60 Minuten/Sekunden mit den

Stundenzahlen von 1 bis 11, mit der 12 als kleines Dreieck markiert.

Um 14.13 Uhr bog der Peugeot ab in einen schmalen Waldweg. Der Hund saß aufrecht auf der Rückbank. Colmar kurbelte die Scheibe auf der Fahrerseite etwa zehn Zentimeter herunter, schnipste eine noch glimmende Kippe hinaus in den Wind. Rechts und links Fichten, dann immer mehr Lärchen, einige Weißtannen, wenig Kiefern.

Als sie den Platz erreichten, von dem aus sie den besten Einblick in das Knie am Oberlauf des Doubs hatten, bremste er sanft ab und ließ den Wagen rechts ins Dickicht gleiten. Von hier aus waren es nur noch wenige Meter zu dem felsigen Abbruch, den er für die Sitzung ins Auge gefasst hatte. Niemand würde mit ihm rechnen.

Er drückte die gekrallten Finger gegen die Schläfen und ließ nicht locker. Er krallte sie in die Haut, dass es schmerzte. Die Fahrertür stieß er erst auf, als alle Gedanken an vergangene Zeiten von ihm abließen. Der Hund sprang an ihm vorbei. Er folgte dem Tier.

Sie saßen in einem Feld rostroter, abgestorbener Farne und blickten auf die gegenüberliegende Seite der Schlucht. Das Feld war umkränzt von Arnika, Ginster, Johanniskraut und Fingerhut, alles war schon recht früh im Jahr erblüht, umrahmt von einem Eschenwald, vor dem am Rand der Wiese ein mächtiger Findling lag, auf dem geschützt ein Schierling wuchs. Die Spitzkehre war vollkommen mit Weißtannen bewachsen. Den Flusslauf hoch und runter zog sich ein etwa zwei Meter breiter Sandstreifen entlang. Der Doubs hatte sich hier tief ins Kalkgestein gegraben.

Der Hund fixierte ein Luchspärchen auf der gegenüberliegenden Seite. Es räkelte sich auf einem Felsvorsprung in den

Strahlen der Sonne. Zwischen den Tannen trat ein schwaches Reh hervor, zögerte einen Augenblick, dann stand es im knietiefen, grünlichblauen Flusswasser und begann zu trinken.

Colmar saß aufrecht, das rechte Bein lag plan, angewinkelt auf dem sandigen Boden, das linke hatte er so gegen seine Brust gezogen, dass der Ellenbogen auf dem Knie lag. Die Hand griff den rechten Unterarm kurz über dem Handgelenk. Die Heeren-Büchse, die er mit einem 3x20 Zielfernrohr von Colt und mit einem selbstgebastelten Schalldämpfer ausgerüstet hatte, ruhte auf der linken Armbeuge.

15.33 Uhr. Vor der alten Mühle tat sich nichts. Sie hatten ja alle Zeit der Welt.

»Sang et merde«, flüsterte Colmar.

Da trat der Korse vor die Hütte. Zwei schwarze Jagdhunde an seiner Seite. Er trank Kaffee. Einen Blechbecher in der einen, eine Zigarette in der anderen Hand.

Colmar hatte nie auch nur einen einzigen Gedanken daran verschwendet, sich zu fragen, was aus seinem Leben wohl geworden wäre, wäre es nicht vor Algier zu dieser Explosion gekommen.

Mit einer Bewegung von Hundertstelsekunden ließ der Korse den Kaffeebecher fallen und zog die Baby Bretton.

Colmar drückte ab. … einmal, ein zweites Mal. Auf diesen Augenblick hatte er lange gewartet.

Den Tod besiege

Der Fluss sah aus wie ein ferner Sonnenfaden, der nach einem warmen Gewitter in ein Tal gespannt dalag. Sie richteten sich in einem Geräteschuppen ein, der am Eingang zu einem nach dem Krieg neu angelegten Steinbruch lag, und öffneten das Vorderfenster, das einen guten Ausblick auf die Umgebung bot. Bormann hatte am Ende doch geredet. Um sein bisschen Leben gewinselt und das geheime Depotversteck der Wehrsportgruppe ausgespuckt. Nur dass es leer war, als Rauff und Cremer eingetroffen waren. Doch Bormann hatte auch behauptet, dass an diesem Nachmittag ein Treffen zwischen Biague und der Wehrsportgruppe in dem Steinbruch am Rhein stattfinden sollte.

Von der unbefestigten Zufahrtsstraße führte ein Weg vor die steil aufragende Felswand, die sich wie ein U in den Berg bohrte. Die Wellblechhütte, die Rauff ins Visier genommen hatte, befand sich rechter Hand hinter der verlassenen Sägerei. Unmittelbar neben dem Eingang zu einem stillgelegten Stollen. Bei Kriegsende hatte man versucht, verschiedene Metalle aus dem Stein zu schlagen. Die Ausbeute war zu gering gewesen. Heute zertrümmerten Sprengungen die Stollengänge und Felswände. Abraumhalden aus Schotter und Sand türmen sich zwischen Bauhütten und Lagerschuppen aus Abrissholz und

Blechplatten. Dazwischen Schrott, verrostetes Eisen, ausgeschlachtete Militärfahrzeuge. Nachts fielen Plünderer in Schwärmen ein, schraubten, schweißten, hämmerten, brachen und sprengten im Scheinwerferlicht klapprige Kleinlastwagen. Cremer dachte an die Zigeuner. Ob sie wohl in der Nacht über den Rhein weitergezogen waren.

Heute bewegte sich nichts. Keine Fahrzeuge, kein Lichtschein.

»Er kommt nicht«, sagte Rauff.

»Und woher willst du das wissen?«

»Ich vermute von den Franzosen.« Rauff lachte.

Cremer spähte durch den Feldstecher und wies auf den Stolleneingang.

»Du meinst?«

»Vielleicht gibt es einen zweiten Eingang«, sagte Cremer genervt. »Frag doch nicht dauernd.«

»Wenn wir nicht aufpassen, zerhackt uns Biague im Fleischwolf.«

»Vor dem habe ich keine Angst. Ich frage mich nur, warum er mit Bormanns Nazis paktiert.«

»Die sollen hier gemeinsame Übungen abhalten.«

»Macht es auch nicht besser.«

Rauff sog die Luft wie ein Ochse ein und stieß sie ebenso schnaubend wieder aus. »Und was machen wir mit der Beute? Hast du dafür auch einen Plan?«

»Wir überqueren den Rhein bei Kehl. Auf der Straßburger Seite, unmittelbar beim Verlassen der Europabrücke, übergeben wir Biague an Krügers französische Freunde. Für uns ist die Sache damit erledigt.«

»Das läuft so reibungslos ab?«

»Selbstverständlich, wir haben einen französischen Wagen,

französische Militärkennzeichen, benutzen auf der Brücke die Spur der europäischen Behörden und werden vom Zoll nicht kontrolliert.«

»Was macht Biague auf der Fahrt?«

»Der schläft im Kofferraum.«

»Und wie geht's weiter?«, fragte Rauff. »Wenn ich dabei sein soll, will ich auch wissen, was abgeht.«

»Das sind keine Vorschläge, über die du nachdenken kannst. Das ist ein Befehl. Du wolltest doch zur Truppe, oder? Im BGS wird nicht lange diskutiert. Wir übergeben den Wagen mitsamt Inhalt im Kofferraum, bekommen einen anderen und einen neuen Befehl. Du weißt, wie das abläuft. Wir kümmern uns nicht um die Zusammenhänge. Soll nicht unsere Sorge sein. Biague wird vermutlich nach Paris kutschiert, an den Quai des Orfèvres verbracht und verrottet in einem Keller. Vielleicht reißt er sich ja das Hemd auf und zeigt die nackte, behaarte Brust. Franzosen können theatralisch sein. Ich will's so genau nicht wissen.«

»Heute kommt er jedenfalls nicht mehr«, stellte Rauff fest. »Dein Bormann hat gelogen.«

»Sieht fast so aus.«

»Und jetzt?«

Rosenmontag, und die Welt war außer Rand und Band. Zwar feierte man im alemannischen Grenzland in der Nacht zum Schmutzigen Dunschtich und am Dienstag vor Aschermittwoch exzessiv, die Schweizer legten noch einmal drei Wochen vor Ostern nach, doch auch am Rosenmontag war im Grenzland der Teufel los. Biague würde das bacchantische Chaos nutzen und das *Au Bord du Rhône* in der Nähe von Rheinstadt besuchen. Dazu fuhr er üblicherweise die Abhänge des Hotzenwalds bei Säckingen herunter. Gelegentlich überquerte er zur Tarnung den Rhein bei Rheinfelden, um sofort über die nächstgelegene Brücke nach Deutschland zurückzukehren. Die schweizer Zöllner ließen ihn stets anstandslos passieren. Man respektierte sich gegenseitig.

Ein Citroen 15-SIX Limousine mit dem französischen Militärkennzeichen fuhr in den Holzweg hinter einer Spitzkehre hinein. Zwanzig Meter, dann wendete er umständlich und schoss wieder heraus.

»Hast du den überprüft?«, fragte Rauff, »sind die französische Militärkennzeichen echt?«

»Sicher.«

Nach circa einer halben Stunde rauschte ein dunkelgrauer Mercedes Benz die letzten Kilometer bis in die Ebene weiter das Wehratal hinunter.

»Das ist er«, sagte Cremer. »Wie ich's mir dachte, seine Lieblingshure besucht er allein. Ein Leibwächter kompliziert die Sache nur.«

»Auch ein Tipp von Bergmann?«

»Nein. Habe ich von einer anderen Hure.«

Rauff sagte nichts.

»Wir können uns Zeit lassen. Der soll sich erst mal warm vögeln.«

»Woher wissen wir, dass es tatsächlich Biague ist?«

Cremer antwortete nicht, griff in die Beule seines Jacketts, zog einen silbernen Flachmann aus der Innentasche und nahm zwei kräftige Schlucke. »In Frankreich wär's dafür jetzt Zeit«, meinte er und hielt Rauff den Flachmann unter die Nase.

»Na gut, saufen wir uns Mut an.«

Über den Vogesen ging die Sonne unter.

»Du bist sicher, dass es im Hotel keine Aufregung gibt?«, fragte Rauff.

»Die verkaufen die Nutten doch an die Hotelgäste ... da ist ein Kommen und Gehen.«

»Ich will nicht drängen ...«

»Lass ihm ein paar Minuten, Biague ist nicht mehr der Jüngste. Wenn ich das richtig verstehe, geht es den Franzosen darum, ihn vor ein Militärgericht zu stellen und abzuurteilen. Untersteh dich also, den Kerl kaltzumachen. Abknallen kann ihn jeder, da muss man nicht uns engagieren.«

Die Hure war mindestens einen Kopf größer als Biague, was nicht sonderlich auffiel, da sie ihn mit ihren Schenkeln umklammerte und ihre Fersen auf seinen Hinterbacken ablegte. Die beiden waren nicht laut. Der Akt vollzog sich ohne größere Leidenschaft, was nicht hieß, dass Biague ohne Schweiß agierte, er schwitzte sogar sehr heftig. Sie war im Emmental geboren, dreisprachig, was Biague gefiel. So konnte sich die Konversation vor und nach dem Akt durchaus interessant gestalten. An diesem Abend schenkten sie in der Hotelbar schweizer Bier aus. Gambrinus. Auf das Zimmer hatte der Colonel jedoch eine Flasche Moet mitgenommen.

»Alte Sau!«, griente Cremer, »hat die Socken angelassen. Beige Nylonsocken.«

Die M 1935A, Kaliber 9 mm Para hielt er Biague ans rechte Ohr, als der ehemalige Colonel sich von der Bauchlage in eine Seitenlage wälzte. Cremer staunte nicht schlecht. Der Mann von der Telefonzelle. Brille und Hut hat er zuhause gelassen.

Rauff trat von der anderen Seite an das Bett heran. Auch er

zog die Dienstpistole. Er tippte sich mit dem rechten Zeigefinger an die Feldmütze 43 aus graugrünem Drillichstoff und nickte der Hure zu.

»Colonel Biague, Sie sind verhaftet«, sagte Cremer in ruhigem Ton, »machen Sie bitte keinen Unsinn … Widerstand ist zwecklos. Sie rollen sich jetzt bitte von dem Mädchen.« Cremer grinste. »Sie sind doch Colonel Biague? Können Sie sich ausweisen?«

»Ich habe keine Ausweispapiere bei mir. Aber es gibt nur einen Colonel Biague, und der bin ich.«

»Kein Zweifel?«, meldet Rauff sich Wort. »Vielleicht läuft noch einer herum, der sich als Colonel Biague ausgibt.«

»Ich bin Biague!«

Rauff warf dem Colonel die Shorts, das Netzunterhemd und das hellblaue Nyltest-Oberhemd zu. »Wenn Sie es nicht anders wollen, dann sind Sie für mich Colonel Biague.« Cremer gab der Hure ein Zeichen, dass sie sich in das Laken wickeln und nicht rühren sollte. »Bloß keinen Laut. Sie beide nicht. Es würde Ihnen nicht gut bekommen.«

Der Colonel zog sich an. Zuletzt band er sich eine gelbbraune Krawatte mit kirschrotem Paisley-Muster um und schlüpfte in italienische Slipper. Er musste die Hände auf dem Rücken kreuzen. Mit einem Klicken schlossen sich die metallenen Fesseln um seine manikürten Hände. Er war eine sehr gepflegte Erscheinung.

»Colonel«, begann Cremer, »es ist in unser aller Interesse, diese Angelegenheit so schnell und schmerzlos wie nur möglich über die Bühne zu bringen. Wir werden sie nach Frankreich schaffen und dort den Behörden übergeben. Wenn Sie Widerstand leisten, ist das so gut wie Selbstmord. Suicide … Suicide. Sollte Ihre Begleitung auf die Idee kommen, Alarm zu schlagen, werden wir Sie erschießen, und Ihre Hure holen wir uns in den nächsten Tagen.«

Nach diesen Worten ging Cremer auf den nierenförmigen Couchtisch mit der Glasplatte zu, bückte sich nach der Champagnerflasche, zog sie aus dem eisgekühlten Sektkübel und ließ den Korken gegen die Decke knallen. Cremer nahm einen Schluck aus der Flasche, reichte sie an Rauff weiter, der ebenfalls einen kräftigen Zug nahm. Sie trugen beide Lederhandschuhe.

Rauff drückte die Flasche der Hure in die Hand. Sie hatte die Knie angezogen und drückte sich gegen das Bettoberteil. Cremer sah ihren nackten Rücken.

»Wir schließen die Tür von außen ab«, sagte er zu ihr. »In einer halben Stunde klopfst du gegen die Tür. Der Schlüssel steckt von außen. Wenn man dich nach dem Colonel fragt, sagst du, er habe es eilig gehabt und dich eingeschlossen, damit du ihm nicht folgst. Trink Champagner, der entspannt.«

Der Wagen stand hinter einer Wäscherei.

In knapp einer Stunde wäre alles vorbei.

»Manche sagen: Das ist das Böse … und das ist das Gute … wenn es nur so einfach wäre …« Colmar sprach mehr zu sich, aber auch zum Hund. Die dünne Schneedecke schluckte draußen jedes Geräusch. Auf dem Küchentisch stand eine dunkelblaue Emailkanne mit frisch gebrühtem Kaffee. Nachdem er den Korsen auf einem Ohrensessel vor dem offenen Kamin abgelegt hatte, goss er sich eine Tasse ein und schüttete etwas weißen Zucker aus einer Papiertüte auf den schwarzbraunen Kaffeespiegel. Er sah auf den Korsen, der steif wie eine Puppe im Sessel hing. Jetzt bist du kein Kaid mehr, dachte er, nicht einmal mehr ein Korse. Du bist jetzt einfach nur tot.

Aus circa vierzig Zentimeter langen Stücken Kastanien- und Buchenästen formte er einen Haufen auf den Ziegelsteinen im Kamin und suchte dünnes Reisig zusammen, das er brach und bündelte. Mit dem Sturmfeuerzeug schlug er ein paar Funken, hielt die aufglimmenden Äste vor das Gesicht und blies, bis die trockenen Äste aufflammten. Ein Liktorenbündel, verdammt, dachte er, du bist und bleibst ein Polizist. Er kniete sich vor den Kamin und schob das brennende Bündel zwischen die Buschholzäste, pustete in die züngelnden Flammen und hörte das Feuer in seinem Rücken knistern, als er nach draußen trat.

Er wartete auf Prinz.

Er würde kommen. Er musste wissen, dass er hier war.

Sein Hund spielte mit den Hunden des toten Korsen, während er selbst ein paar flache Kieselsteine suchte und sie über das türkis schimmernde Wasser des Doubs springen ließ, bis ihm das Spiel zu langweilig wurde und er sich vor die Mühle setzte und schwarzen Kaffee aus einem Blechbecher mit blauem Rand trank. Er dachte an das Grab auf dem Cimetière de Saint-Vincent in Paris. An sein Grab. Was hatte er nicht alles für seine Tarnung getan? Bis zur Selbstverleugnung war er gegangen.

»Eine lange Reise. Erst nach meinem Tod bin ich wieder zurückgekehrt, um dich zu finden, Ava. Vielleicht hast du mich ja nicht erkannt?« Auch sie hatte er mitgenommen und in den Fluss geworfen.

Aus der Mühle kehrte er mit einer angebrochenen Flasche Absinth zurück. Drei weiße Pillen ließ er auf seine Handfläche rollen, steckte das Glasröhrchen zurück in seine Brusttasche, warf die Pillen auf die Zunge und goss Kaffee nach.

»Seit Achtundfünfzig steckt eine Kugel in meinem Schädel«, sprach er mit dem toten Korsen. »Direkt hinter dem Glasauge. Nach dem Unfall, der explosion fantastique. Das Scheißauge hing an ein paar Fäden. Da hab ich's abgerissen. Seitdem wandert das Blei und hinterlässt Spuren in meinem Schädel. Das heißt, das Ende ist vorprogrammiert. Aber irgendwie ist es merkwürdig Ich gehe nicht drauf. Ich fühle mich gut.«

Colmar rief den Hund. Er musste lange warten. Dann tauchte er hinter einem Kastaniengebüsch auf. Die Zunge hing ihm aus dem tropfenden Maul. Die Hunde des Korsen folgten ihm. Gemeinsam suhlten sie sich im Sand.

»Wenn du eine Uniform trägst, bist du ein anderer Mensch. Du hast das Recht zu töten. Es gibt kein Gericht. Du musst keine Sanktionen befürchten«, rief er den Hunden hinterher. »Wir durchkämmten eine Hügelkette. Meine Gruppe entdeckte zwei Männer und ein Kind, die sich im Gestrüpp unter Pinien versteckt hatten. Sie waren unbewaffnet.« Er hob einen Stock auf und täuschte einen Wurf an. Nur einer der Hunde fiel darauf rein. »Der Junge kam auf mich zu«, sagte er zu den beiden anderen, »und fragte, ob wir ihnen nichts täten. Er habe Angst um seinen Vater. Ich sagte, er müsse keine Angst haben. Ich schnitt die Fesseln der zwei Männer durch und sagte ihnen, sie sollten das Kind nehmen und abhauen. Sie bräuchten keine Angst zu haben, dass wir ihnen in den Rücken schießen.« Er warf den Stock hoch in die Luft und die Hunde rannten um die Wette. »Sie liefen fort. Als sie verschwunden waren, schickte ich zwei meiner Männer hinterher. Nach einiger Zeit hörte ich eine Handgranate. Eine Garbe aus der MAT-49. Allah Kerim.«

Er sah die Zufahrt hoch. Die Mühle lag in einer Senke. Sie konnten schon da sein. Ihn schon beobachten.

»Nevada. Als könnte ein Silberring ein Treuepfand der Liebe sein. Keine gute Idee, Nevada. Hast den Ring an einen Maler verkauft. Er war dir nichts wert. Hast ihn einfach verpfändet? Prinz, Nevada, der Maler und die übrigen Mesalliancen … war nicht so schwer für einen Außenstehenden wie Menger, dahinterzukommen. Und dann hast du sie umgebracht. Hattest den Ring nie verdient, war ein Fehler, dich in den engeren Kreis aufzunehmen. Menger besaß keine Klasse. So wie Cremer. Keine Klasse. Keine Ehre.«

Sein Hund legte sich zu seinen Füßen und hechelte. Colmar paffte an einer zweiten Montecristo. Colmar wollte den Gedanken nicht zu Ende denken. Er streichelte dem Schwarzen über den Kopf.

»Wie wär's mit einem Lied?«

Les loups étaient loin de Paris … Les Loups,, ououb! ououououb! En Croatie, en Germanie … Les loups étaient loin de Paris … Les loups, ououb! ououououb! … Les loups ont regardé vers Paris, de Croatie, de Germanie, les loups ont regardé vers Paris … Des loups ououb! ououououb! … Des loups sont entrés dans Paris … Des loups ououb! … Ououououb! … Les loups ont envahi Paris … Les loups ont envahi Paris … Les loups ont envahi Paris … Les loups ououb! ououououb! … Les loups sont sortis de Paris … Les loups sont sortis de Paris … Les loups sont sortis de Paris … Les loups sont sortis de Paris … Les loups, les loups ououb ououb! Ouououb! … Ohououb! …

Source du Doubs

Rauff schaltete die Scheibenwischer ein. Dann blendete er auf.

»Was will er denn?«, brummte Cremer.

Prinz stand im grauen Trenchcoat mitten auf der Brücke hinter einem weißroten Absperrgitter. Er hob die rechte Hand, in der er eine Stablampe hielt, und gab Zeichen.

»Was machen wir?«, fragte Rauff.

Aus einem Mannschaftswagen sprang ein französischer Offizier. Flankiert von zwei Gendarmen in schwarzblauer Uniform. Sie hielten Maschinengewehre vor dem Bauch.

»Die schießen uns über den Haufen«, stammelte Rauff.

Er wollte beidrehen, aber Cremer riss am Steuer, bis der Wagen wieder die Spur hielt. Sie steuerten in Schlangenlinien auf Prinz zu. Der französische Offizier hob das schwere Browning-Maschinengewehr an und feuerte.

»Jag sie auseinander!«, schrie Cremer und stieß Rauff in die Seite: »Halt auf sie zu.«

Rauff gab Gas.

Eine Garbe erwischte sie seitlich durch das Stahlblech der Fahrertür. Die Projektile verteilten sich auf den Fahrersitz, eines prallte vom Lenkrad ab, zerschmetterte Rauff die Hand und riss Cremer ein Stück vom linken Ohr ab. Zwei weitere Projektile drangen durch den Fahrersitz und trafen Rauff im

Rücken. Eines zerfetzte seine Milz, das zweite streifte die Wirbelsäule im unteren Bereich. Cremer fasste sich ans Ohr, sah auf die blutverschmierte Hand, verspürte keinen Schmerz.

Dann brach Rauff über dem lädierten Lenkrad zusammen. Mit der Stirn knallte er auf die Hupe und rutschte zur Seite. Der Wagen schlingerte über die Straße und stieß gegen das Brückengeländer, das massiv genug war, damit sie nicht in die Tiefe stürzten.

Cremer sprang aus dem Wagen und stürzte über die Brücke Richtung deutsche Seite. Prinz rannte ihm hinterher, dicht gefolgt von Proust und den französischen Gendarmen.

Krüger hatte sie verraten.

»Auch heute noch können wir Deserteure am nächsten Laternenpfahl aufknüpfen«, hatte er bei der letzten Besprechung in seinem Büro gesagt, »ohne Standgericht, glaub nur nicht, dass der ›Kalte Krieg‹ lauwarm ist, er ist mindestens so heiß wie Neununddreißig und Fünfundvierzig, da gibt's kein Pardon.«

Cremer sah einen Gewehrkolben, dann verlor er das Bewusstsein.

Les loups

Aus dem Dunkel der schnurgeraden Waldstraße schälte sich allmählich ein Citroen mit französischem Militärkennzeichen heraus. Der Wagen wechselte die Straßenseite und fädelte in ein Dickicht aus Kastanienbüschen ein. Ein notdürftig freigeschlagener Pfad führte hinunter zum Doubs.

Les loups, ououh! ouououh! Les loups ont regardé vers Paris … de Croatie, de Germanie. Les loups ont regardé vers Paris. Tu peux sourire, charmante Elvire, les loups regardent vers Paris.

Die Männer im Fond des Wagens pfiffen die Melodie, als Cremer wieder zu sich kam. Er war fertig. Mit sich, mit dem Leben, der Welt. Mit allem. Er hatte seine Seele verkauft. Für einen Eid. Für einen schnöden, deutschen Polizisten-Eid.

Befehl ist Befehl.

Meine Ehre heißt Treue.

Prinz hielt das Lenkrad mit der linken Hand, mit der rechten schlug er den Kragen seiner schwarzbraunen, zweireihig geknöpften Lederjacke hoch. Offenbar hatten sie den Wagen gewechselt. Biague lag weiterhin in Cremers Kofferraum und befand sich sicher schon auf dem Weg nach Paris. Warum lebte er noch, fragte Cremer sich. Was hatten sie vor? Wo brachten sie ihn hin? Er konnte seine Hände nicht bewegen. Er riss an den Fesseln und kippte zur Seite. Mit dem Gesicht zum Ledersitz. Dass der französische Colonel ins Gras beißen würde, war ihm von vornherein klar gewesen. Das kümmerte ihn nicht weiter. Doch mussten sie dem armen Rauff ein paar Dinger verpassen, von denen er sich wohl nie erholen würde? Was diesen Colonel anbelangte, sie hätten ihn den Franzosen doch übergeben, was mussten sie das Feuer auf sie eröffnen. Wahrscheinlich war der Kerl ohnehin längst erstickt.

»Hat zwei Hunde, ist Nazischwein«, hörte er den Asiaten sagen. »Hat's nicht anders verdient. Kannte ja auch kein Mitleid. Um die Hunde tut's mir leid.« Prinz konzentrierte sich auf den Einstieg zum Waldweg. Nach einer Weile flüsterte er mit belegter Stimme: »Allons-y!«, danach schwieg er.

Der Wagen rumpelte über eine Schotterstraße. In der Fahrbahn mussten sich größere Löcher befinden. Cremer spürte jeden Schlag. Was wusste er schon? Er war ein Gespenst. Er ließ nichts außer abgehacktem Atem und ein verhaltenes Stöhnen von sich hören. Der Asiate beugte sich über den Sitz, flüsterte etwas Unverständliches, packte ihn am Kragen und richtete ihn auf. Der Wagen rollte aus. Einen Moment blieben sie noch sitzen. In einer Senke lag eine Mühle. Cremer sah einen Mann, der seine Hunde ins Haus holte. Prinz und der Asiate warteten ab, bis es dämmerte.

»Er weiß, dass wir kommen«, sagte Prinz, kuppelte, nahm den Gang raus und ließ den Wagen langsam einen abschüssigen Weg hinunterrollen, bevor sie ausstiegen und unter einer riesigen Weide parkten.

Colmar hatte sich offenbar darin verbarrikadiert, eingeschlossen wie in einen Sarg. Vielleicht war ihm auch hinter dem Haus die Flucht gelungen oder er lag im Wald und wartete nur darauf, dass Prinz sich auf die Lichtung traute. Wieso lebte er überhaupt noch? Dachte Cremer. Warum hatten sie

Rauff und ihn nicht auf der Brücke erschossen? Nur weil die Franzosen dabei gewesen waren? Oder hielt da jemand eine schützende Hand über sie? Und wenn ja, dann wusste er auch wer? Allerdings begriff er überhaupt nicht, was Krüger da für ein Spiel trieb?

Cremer atmete flach, sein Puls raste. Er besaß keine Waffe. Was sollte er tun? Prinz würde ihn wie einen Hund abknallen.

Die Erinnerung ist dein Feind. Dein wahrer Feind.

Cremer beobachtete durch die Windschutzscheibe, wie sie sich aufteilten. Es begann zu schneien. Der Asiate rannte hinter eine Scheune, während Prinz auf die Mühle zusteuerte. Cremer streckte seinen Arm aus, um die Hupe zu erreichen. Sein rechtes Handgelenk war mit einer Handschelle an einer Halterung befestigt. Er riss daran, vermochte sie aber nicht zu lösen. Selbst wenn er hätte hupen können. Prinz hatte den Wagenschlüssel an sich genommen. Der Motor war aus.

Während Prinz den Eingang verriegelte, warf der Asiate Brandsätze durch die Fenster. Nichts geschah, nicht mal den Hunden gelang die Flucht. Sie richteten die Waffen auf die lichterloh brennende Mühle. Als Cremer damit rechnete, dass sie ihn jetzt umbringen würden, schlugen sie eine andere Richtung ein und verschwanden im Wald. Cremer schrie, riss an den Handschellen, bis er begriff, dass es wohl zum Plan gehörte, ihn hier zurückzulassen. Sie durften ihn nicht töten. Irgendwo auf einem Waldweg hatten sie sicher einen zweiten Wagen versteckt.

Die Handgelenke blutig, sackte Cremer in seinem Sitz zusammen. Der Wagen schneite ein. Wenn ihn nicht bald jemand finden würde, erfror er.

Die Wassermühle brannte bis auf die Grundmauern nieder. Schlicht gebastelte Molotowcocktails hatten die mit Fichtenholz aus der nahen Umgebung verkleideten Wände und das hölzerne Mobiliar entzündet. Zwei Gasflaschen waren im Küchenbereich explodiert. Der Wind, der durch die von den Brandsätzen zersplitterten Fenster zog, trieb die Flammen rasch in den Dachstuhl.

Am Morgen traf die Gendarmerie gegen 5.30 Uhr ein. Kurz darauf war die Feuerwehr am Tatort. Bei den Aufräumarbeiten stießen die Gendarmen auf einen nahezu verkohlten menschlichen Körper. Stark geschrumpft, Hände und Füße zerschmolzen. Das Gesicht war bis zur Unkenntlichkeit zerstört, das Fett ausgelaufen, Reste eines menschlichen Antlitzes hingen am Schädel. Die Leiche lag auf dem Rücken. Im unmittelbaren Bereich der Leiche fand sich eine Armbanduhr. Marke Heuer, die um 1.10 Uhr stehen geblieben war. Unter der Leiche ein Colt .38 Special Hartford Cam und ein durch die starke Hitze deformierter Silberring.

Gegen 7.00 Uhr entdeckte die Feuerwehr beim Ablöschen der Gluthaufen die Überreste von zwei Hunden, von denen der eine Schussverletzungen im Bereich der Hüfte aufwies. Ferner Reste einer amerikanischen Schrotflinte der Marke Remington, Baujahr 1940. Nicht weit davon vier 6,35-mm-Projektile.

Ein Nachbar, wohnhaft in einer etwa 600 Meter entfernt gelegenen Jagdhütte, der, weil er schon früh am Abend Schlaftabletten genommen hatte, tief und fest geschlafen und deshalb weder Schüsse noch Explosionen gehört hatte, war von dem starken Brandgeruch aufgeschreckt und diesem nachgegangen. Um 5.00 Uhr früh traf er an der schwelenden Ruine ein und alarmierte die Feuerwehr.

Er wusste zu berichten, dass Tage zuvor Hakenkreuze und altgermanische Runenzeichen auf der Straße mit weißer Farbe auf den Asphalt geschrieben standen. Der alte Offizier, der in der Mühle gelebt habe, sei beunruhigt gewesen, doch habe er keine Angst gezeigt. Er sei erst vor kurzem hierher zurückgekehrt. In seiner Abwesenheit hätten dort Personen logiert, die der Nachbar nicht näher habe kennenlernen wollen.

Weder die Autopsie der verbrannten Leiche noch Nachfragen beim Zahnarzt im nahen Deutschland brachten die Untersuchungen der Gerichtsmediziner weiter. Durch das stundenlange Liegen im Feuer war die Leiche verkohlt und stark geschrumpft. Arme und Beine nur noch Stümpfe und ließen keine Schlüsse auf die Identität des Opfers zu. Das Loch im Brustkorb und die gebrochene rechte Schulter stammten höchstwahrscheinlich von einstürzenden Balken des brennenden Dachstuhls.

Im April des folgenden Jahres, als die Schneemassen eines strengen Winters dahinschmolzen, gab die Natur einen ausgebrannten Citroen 15-SIX frei.

Ein Jäger, der der Spur eines angeschossenen Keilers gefolgt war, hatte das Wrack in einem Dickicht am Waldrand, nahe dem Ort Les Charbonnières im Schweizer Jura, gefunden. Das ramponierte und verrostete Nummernschild wurde als französisches Militärkennzeichen identifiziert. Im offenen Kofferraum lag eine zusammengeschmolzene und stark verweste Leiche. Die Arme mit Handschellen auf den Rücken gefesselt.

Im Umkreis von circa einem Kilometer fanden sich skelettierte, aber auch zum Teil stark verweste menschliche Überreste. Wildtiere und Ungeziefer hatten an ihnen sich schadlos gehalten.

Mein großer Dank geht an Frank Göhre, ohne dessen Vertrauen und Unterstützung ich diese Geschichte nicht und vor allem nicht so geschrieben hätte. Ein Glücksfall ist, dass er mich mit Wolfgang Franßen zusammengebracht hat. Für ihre Langmut und ihre Großzügigkeit danke ich meiner Frau Doris, dass sie es wieder einmal ausgehalten hat, wenn ich in die Paranoianacht hinübergeglitten bin. Wenn ich nicht weiterkam mit dem Manuskript, ging ich mit dem schwarzen Käpt'n durch den Wald; das machte mir den Geist frei, und Käpt'n hatte seinen Spaß.

F.H. im Januar 2018

Aus einem verfemten, blinden Fleck

von

Alf Mayer

Den Wald hat der Film Noir kaum je betreten. Da ist Niemandsland für seine Figuren.

Umso interessanter, wenn das jetzt – 2018 – endlich jemand tut. Und zwar einer, der mit den Bildern des Noir wieder und wieder Zwiesprache gehalten, sie studiert, zerlegt, übermalt, dekonstruiert hat. Ikonen des 20. Jahrhunderts in kühnen Diptychen und Triptychen neu montiert, Flügelaltären des Mittelalters nachempfunden. Klein- und großformatig. Bigger than life. »Die Spur des Falken« heißt eines seiner zweiteiligen Gemälde von 1995. Jetzt im Alter von 69 legt er seinen ersten Roman vor und begibt sich damit erneut in die Welt des Noir, zudem mitten in die deutsche Vergangenheit und mitten in einen deutschen Mythos: Foresta Nera. Schwärzer kann der Tann nicht sein.

... eines Wolfes Fell nur traf ich im Forst; leer lag das vor mir, den Vater fand ich nicht. Aus dem Wald trieb es mich fort; mich drängt' es zu Männern und Frauen. Wieviel ich traf, wo ich sie fand ... (Wagner/Die Walküre, Kap. 3)

Die »Germania« des Tacitus – deutsch übrigens 1876 von einem Dr. Anton Baumstark, ordentlicher Professor der Universität zu Freiburg – fand die deutschen »Wälder schauerlich«. Auf Wilhelm Hauffs Märchen »Das kalte Herz« von 1827 wird noch zu kommen sein, in dem Gewinnstreben und Materialismus ein Herz versteinern lassen. Im Film Noir hat das Motiv es nur bis in den Titel DER VERSTEINERTE WALD gebracht (*The Petrified Forest*, Regie: Archie Mayo, 1939). Ein junger Humphrey Bogart hatte darin als Gangster Duke Mantee einen seiner ersten Auftritte. Er spricht den Hardboiled-Satz: »Die meiste Zeit meines Lebens habe ich im Knast verbracht, und es scheint ganz so, als würde ich den Rest meines Lebens tot sein.« Der Titel bezieht sich auf die im Wüstensand von Arizona liegenden verkieselten Reste von Urzeitriesen – ich habe mir das einmal auf einer Reise angeschaut –, der Film spielt weitgehend in einem Rasthaus mit Tankstelle, wo es mit der Schanktochter zum Drama kommt. Diese Gabrielle, verkörpert von Bette Davis, liest Gedichte von Francois Villon und versucht sich gar als Malerin. Sie strebt nach Höherem, als ihr Leben am Rande der Wüste zu verbringen. Friedemann Hahn übrigens war 1973 Mitbegründer eines Bette-Davis-Instituts. Ein Kiosk / eine Tankstelle spielen auch in »Foresta Nera« eine wichtige Rolle.

»Foresta Nera«, das ist weit weg von den Harmlosigkeiten der »Taunus-Krimis«, das ist eine Reise in die Finsternis nicht nur des Waldes, und eine Ermittlung ist ganz im Sinne Platons eine Höhle voller Schatten. So wie der Film Noir die Grenzen der klassischen Erzählung dehnt und bricht, so ist auch bei Friedemann Hahn die Realität mehr als das, was man mit den fünf Sinnen begreifen und dem Instrumentarium eines Polizisten erfassen kann. Oft scheint Schwarz die Farbe dieses Romans, manche Figuren begegnen sich wohl nie bei Tage. *»I never saw her in the daytime. We seemed to live by night. What was left of the day went away like a pack of cigarettes you smoked«*, sagt der Erzähler in Jacques Tourneurs OUT OF THE PAST. Wenn aber bei Hahn die Sonne bricht, dann sieht *»der Fluss aus wie* *ein ferner Sonnenfaden, nach einem warmen Gewitter in ein Tal gespannt*«. Da fährt das Postauto vom Höllental hinauf ins Himmelreich, und das ist nicht einmal erfunden. Friedemann Hahn, als Maler gewiss von keinem Farbkontrast erschrocken, setzt seinen Roman mitten hinein in das wohl verfemteste Gebiet unserer deutschen Nachkriegskultur, dort hin, wo alle Glocken »Heimat!« läuten. Ins Dreiländereck Schwarzwald des Jahres 1962. Ein Zitat:

»Das Problem ist ein deutsches«, begann Proust, »besser gesagt: euer Nazi-Problem. Ihr seid nicht weiter als Dreiunddreißig, oder Neununddreißig, oder Fünfundvierzig… aber wir haben Zweiundsechzig. Ihr habt noch nicht kapiert, dass nicht wir euch die Hände und Köpfe abhacken, das tut ihr von ganz allein … und von selbst. Comprends?«

Erst 2016, und dann in Locarno, im sicheren Ausland also, gab es die erste große Retrospektive des Kinos der Adenauer-Ära. »*Geliebt und verdrängt. Das Kino der jungen Bundesrepublik Deutschland 1949–1963*« hieß das zugehörige Buch. Immer noch ist das Kino jener Tage im Grunde ein *cinéma maudit*, nicht ganz so verdammt wie das Kino der Nazizeit, aber verlacht und verpönt genug, als alt und gestrig eingestuft. Fritz Göttler hat dazu schon in den 1980er Jahren bemerkt: »*So schlecht kamen die deutschen Filme dieser Zeit weg, dass es lohnen muss, sich wieder überraschen zu lassen von ihnen, der Faszination nachzugeben, den advocatus diaboli zu spielen: Kinogeschichte aus dem Untergrund, der Renitenz und der Resistance …*«

Eineinhalb Jahrzehnte Nachkriegskino, einbetoniert zwischen zwei Nullpunkten. Zwischen der Stunde Null, dem Kriegsende 1945, und dem Oberhausener Manifest, das 1962 den Tod von »Papas Kino« propagierte. Erst ab hier fängt eigentlich »unsere« identitätsstiftende Zeitrechnung an. Die Jahre davor sind eigentümlich grau und verblichen, »faded away«. Friedemann Hahns Personal ist von dieser Zeit bis in jede Pore geprägt. Das ist eins der Faszinosa dieses Romans.

Deutsche Nachkriegszeit, und das in der Provinz, das sind für uns Trümmerfilme, Schmugglerfilme, Schwarzmarktfilme, Heimkehrerfilme, oft schmerzhaft, Illusionen in Moll, Mordgeschichten, karge Belustigungen oder gar illusionsloses Noir. Auf immer dafür *ein* Bild: Peter Lorre in seinem einzigen Regiefilm DER VERLORENE, 1951 keine drei Wochen im Kino und dann klang- und sanglos untergegangen. Titel von damals: DIE MÖRDER SIND UNTER UNS; NACHTS, WENN DER TEUFEL KAM; DER ROTE RAUSCH; NACHTS AUF DEN STRASSEN; SÜNDIGE GRENZE; HEISSE ERNTE; DER SATAN LOCKT MIT LIEBE; SCHWARZER KIES. In Hahns Roman gibt es einmal einen Bezug zu NACKT – WIE GOTT SIE SCHUF (1958), Drehbuch von Johannes Mario Simmel. Eine Geschichte in den Dolomiten, wo es zwischen einem Kloster und den sündigen Bewohnern eines Barackendorfs für Bauarbeiter zum Konflikt um die Wasserzufuhr kommt.

Films maudit, sie alle. Klar. Und eine hübsche Pointe, dass unsere gehobene Wahrnehmung davon mit eben einem »Festival du film maudit« begann. Unter diesem Titel nämlich zeigte 1949 ein Kreis junger französischer Cineasten in Biarritz Filme, die von Publikum und Kritik bis dahin abgelehnt wurden und deshalb auf den großen Festivals, wie etwa in Cannes, nicht zu sehen waren. Im ersten Programm: Viscontis OSSESSIONE, Käutners UNTER DEN BRÜCKEN, Hawks' THE BIG

SLEEP, Tourneurs OUT OF THE PAST, Vigos ZERO DE CONDUITE, Grémillons WETTERLEUCHTEN, Dudows KUHLE WAMPE – WEM GEHÖRT DIE WELT?. Im April 1951 erschien dann das erste Heft der »Cahiers du Cinéma«; der Begriff »Film Noir« wurde in Frankreich geprägt.

Zum Sterben angetreten wie in einer mythischen Gotenschlacht

Das Land jenseits des Rheins strahlt auch auf »Foresta Nera«. Friedemann Hahn hat an seinem Roman viele Jahre gearbeitet, hat besessen und akribisch recherchiert, bis hin zum Namen der Dienstbekleidungsstoffe. Ausgesprochen souverän – und abgesehen davon zeitgeschichtlich interessant – finde ich, wie er mit einem besonders heiklen Thema jongliert, mit den Nazi-Soldaten in der französischen Fremdenlegion. Die gab es, das ist keine Fiktion. Eine diskrete Anweisung Charles de Gaulles erlaubte es Franzosen, die während des Zweiten Weltkrieges in der 33. Waffen-SS-Grenadier-Division »Charlemagne« gedient hatten, sich durch den Dienst in der Legion zu rehabilitieren. Außerdem wurden gezielt ehemalige deutsche Soldaten angeworben, ihre Vergangenheit jedoch überprüft. Kriegsverbrecher sollten keinen Unterschlupf finden (wobei dieser Begriff damals kaum ausgeprägt war).

Die Mär vom guten deutschen Soldaten erfuhr durch diesen Twist sogar einen besonderen Glanz. Deutsche Zeitungen überboten sich mit ihren Schätzungen. »Der Spiegel« berichtete 1948, dass angeblich 50.000 deutsche Fremdenlegionäre in Indochina seien. Das war zwar weit mehr als die doppelte Zahl aller dort stationierten Legionäre, aber es verkaufte sich anscheinend gut, den Indochina-Krieg als eine Art Unternehmen mit überwiegend deutscher Beteiligung darzustellen. Erst spätere Studien von Douglas Porch und besonders Eckhard Michels (»*Deutsche in der Fremdenlegion 1870–1965, Mythen und Realitäten*«, Verlag Schöningh, Paderborn 2000) widerlegten solche Legenden.

In mehreren Teilen druckte »Die Zeit« im Herbst 1952 die »*Erlebnisse eines jungen Engländers in Afrika und Indochina*«. Adrian Liddell Hart, Sohn des berühmten Militärhistorikers, hatte mit einer Ausnahmegenehmigung eineinhalb Jahre in der Legion verbringen können. Im Artikelvorspann hieß es: »Ohne die Fremdenlegion sähe die Welt heute anders aus: Ohne sie wäre Indochina überrannt. Dann aber würden die Rebellen in Malaya die Briten zurückdrängen, Singapore wäre vielleicht schon verloren ...«

Warum sind so viele Deutsche in der Fremdenlegion, fragt Liddell Hart sich. »Die Legion ist unser Vaterland«, heißt es dort. Nach dem Zweiten Weltkrieg sei die Zahl der deutschen Legionäre gewachsen, »weil Frankreich zwar sein Kolonialreich wiederbekam, aber fast überhaupt keine ausgebildeten Truppen hatte, um es zu verteidigen. Dagegen hatte es viele Tausende von deutschen Kriegsgefangenen. Die meisten von ihnen verspürten keine Lust, in französischen Gruben und auf französischen Bauernhöfen Zwangsarbeit zu leisten.« Viele seien ehemalige SS-Offiziere gewesen, die ein Verfahren befürchteten. Es gab nur einen Ausweg: die Fremdenlegion.

Während der unmittelbaren Nachkriegsjahre kam dann eine zweite Welle: Flüchtlinge aus der sowjetischen Besatzungszone oder junge Schwarzhändler, die nach der Währungsreform von 1948 nicht ins normale Leben finden konnten. Die Franzosen, so meint Liddell Hart, seien von der Erkenntnis ausgegangen, »dass Deutsche, ob Nazis oder nicht, viel nützlicher und viel weniger gefährlich seien, wenn sie die französischen Gebiete in Südostasien verteidigen, als wenn sie die kostspieligen *Reeducation*-Lager bevölkern, die Engländer und Amerikaner für sie anlegten«. Heute, schreibt er 1952, sei es so, »dass ohne die Deutschen die Fremdenlegion nicht einen Tag lang kampffähig wäre«.

Folgerichtig wurde die entscheidende Schlacht von Dien Bien Phu auch als »Frankreichs Stalingrad« beschrieben. Peter Scholl-Latour berichtet in seinem Buch »Der Tod im Reisfeld – 30 Jahre Krieg in Indochina« (1980) vom Versagen der Führung, vom Überlaufen von Truppen, von ganzen Bataillonen, die sich passiv verhielten und nur noch Deckung vor dem Artilleriefeuer der Viet Minh suchten. »Wirklich gekämpft bis zum letzten Erdloch und bis aufs Messer hatten lediglich die französischen Fallschirmjäger und die Fremdenlegionäre, zu 80 % Deutsche, die zum Sterben antraten wie in einer mythischen Gotenschlacht.«

Hahns Männer – wie auch Ava, die femme fatale des Romans – sind Veteranen von Dien Bien Phu. In der vom 13. März bis 8. Mai 1954 währenden Schlacht im Maong-Thanh-Tal nahe der Grenze zu Laos, in einem verdammt hinteren Winkel der Welt, waren auf französischer Seite rund 15.000 Soldaten und Paramilitärs im Einsatz. 4.000 von ihnen kamen als Verstärkung mit dem Fallschirm. Die größte Gruppe stellten die Vietnamesen selbst mit rund 5.400 Mann. 26 Prozent waren Fremdenlegionäre, ganze 19 Prozent der Truppen Staatsangehörige aus dem Mutterland. Rund 3500 französische Soldaten wurden während der Kampfhandlungen getötet, gut 10.000 Personen gingen in Gefangenschaft, darunter auch ziviles Hilfspersonal.

Die Schlacht wurde mehrmals cineastisch verarbeitet, etwa 1992 von Pierre Schoendoerffer, selbst ein Überlebender, SYMPHONIE DES UNTERGANGS lautete der deutsche Filmtitel. Mit in der bereits 1955 von Hollywood inszenierten HÖLLE VON DIEN BIEN PHU (*Jump into Hell*, Regie: David Butler) dabei: der Schauspieler Peter von Eyck, ein besonders deutsch aussehender Charakterkopf des europäischen Film Noir.

»Die OAS?«, Krüger tat erstaunt, »die auf de Gaulle das Attentat geplant haben?«

»OAS, Organisation de l'Armée secrète, sie haben sich in Baden-Baden festgesetzt, genauer gesagt, in der Lichtentaler Straße 13 ihr Hauptquartier aufgeschlagen. Sie verbinden sich gerade mit dem Marseiller Mob und der Korsischen Mafia in Straßburg. Das sind keine Politischen, das sind gewöhnliche Kriminelle. Alles schwappt jetzt rüber nach Allemagne ...«

Die Gangster von Key Largo residieren bei Friedemann Hahn in Baden-Baden und in einer von der Organisation Gehlen gestellten Villa im Bayrischen. »*Fremde Heere Ost. Auch so ein Wort. So ein Geist*«, heißt es im Roman. Die Organisation de l'armée secrète (OAS) war eine französische Untergrundbewegung der Endphase des Algerienkriegs, der Name bewusst angelehnt an die Armée secrète, eine Résistance-Gruppierung des Zweiten Weltkriegs. Die OAS putschte am 22. April 1961 in Algier gegen Frankreich, sie wollte den Status Algeriens als Bestandteil des französischen Mutterlandes mit militärischen Mitteln erhalten. Der Aufstand brach nach fünf Tagen zusammen, dann ging die Bewegung in den Untergrund, ihr Propagandaslogan: »Die OAS schlägt zu, wo und wann sie will.«

Prominent dabei: Fremdenlegionäre, für die Algerien seit Gründung der Legion 1831 die Heimat war. Das Zeichen der OAS war das Keltenkreuz, ihr Wahlspruch »L'Algérie est française et le restera« (»Algerien ist französisch und wird es bleiben«). Der spanische Fascho-Diktator Franco unterstützte die OAS, Spanien duldete und alimentierte drei Ausbildungslager und diente als logistischer Rückzugsraum. Die Verhandlungen über die Unabhängigkeit Algeriens versuchte die OAS mit Attentaten und Sprengstoffanschlägen aufzuhalten. Mit Terror heftigen Ausmaßes. Einmal explodierten an einem einzigen Tag in Algier 120 Bomben, in Oran forderten Bomben im Mai 1962 täglich zehn bis 15 Menschenleben. Gezielt ging es gegen Zivilpersonen aus der muslimischen Bildungs- und Funktionselite, die Universitätsbibliothek von Algier wurde ebenso niedergebrannt wie Schulen.

Auch in Frankreich gab es Anschläge, etwa am 18. Juni 1961 auf den Schnellzug Straßburg-Paris, wo 28 Menschen starben. Im September 1961 entkam Staatspräsident Charles de Gaulle bei der Durchfahrt des Ortes Pont-sur-Seine nur knapp einem Bombenattentat. Im August 1962 wurden bei einem weiteren Mordanschlag auf ihn die Täter gefasst. Oberstleutnant Jean Bastien-Thiry, Entwickler der Panzerabwehrlenkwaffe SS 10 und Kopf (nicht nur) des Attentats, wurde gefasst, zum Tode verurteilt und am 11. März 1963 als letzte Militärperson Frankreichs hingerichtet. Danach war die OAS de facto am Ende. Viele ihrer Mitglieder gingen nach der Unabhängigkeit Algeriens über Spanien nach Lateinamerika, wo sie sich im sogenannten schmutzigen Krieg hervortaten. Aber das ist eine andere Geschichte. Der Kampf zwischen OAS- und FLN-Agenten am Schauplatz Genf war Thema in Godards LE PETIT SOLDAT von 1960. Das versuchte Attentat von OAS-Terroristen auf de Gaulle inspirierte Frederick Forsyth 1971 zum Thriller »Der Schakal«.

Die Légion étrangère – Wenn man eine Uniform trägt

Kaum ein, nein: kein anderer Militärverband kennt so viel Öffentlichkeitsbedürfnis ehemaliger Angehöriger wie die Légion étrangère. Memoiren, Romane, Filme und Propagandaschriften haben den Ruf der Fremdenlegion als Sammelbecken von Kriminellen und Aussteigern, als sadistisch-militaristische Hölle oder als exotische Lebenswelt romantischer Helden verbreitet. Zwischen 1840 und 1940 erschienen dazu im deutschen Sprachraum etwa 250 einschlägige Titel. Christian Koller hat sie in seiner Studie »Die Fremdenlegion: Kolonialismus, Söldnertum, Gewalt 1831–1962« (Schöningh, Paderborn 2013) untersucht. Sein Fazit: Überwog zuerst die Darstellung der kriegerischen Erlebnisse, bildete sich allmählich ein Muster heraus, das die Fremdenlegion in düsteren Farben malte. Ein junger Mann lässt sich zum Eintritt in die Legion bewegen, wird dann in der Ausbildung unmenschlich geschunden und in einen aussichtslosen Kampf geworfen. Schließlich unternimmt er einen Fluchtversuch, der entweder gelingt oder mit seiner Gefangennahme und einem tragischen Tod in der Fremde endet. Ein klassischer Titel zum Beispiel: Walter Widmers »*In der Hölle der Fremdenlegion – Tatsachenbericht*« (1955).

Bei Ernst Jüngers »*Afrikanische Spiele*« (1936) handelt es sich um eine autobiografische Ausreißergeschichte. Der achtzehnjährige »Berger«, ein miserabler Schüler, flüchtet sich aus widriger Realität in Abenteuerliteratur und heroische Träume, folgerichtig dann in die Legion, wo er in der Garnison von Sidi-Bel-Abbès landet, den Dienst in der trostlosen Kaserne deprimierend und langweilig findet, bald einen Fluchtversuch unternimmt, gefasst wird – und schließlich vom begüterten Vater mittels diplomatischer Kontakte und erheblicher finanzieller Mittel freigekauft und nach Hause geholt wird. Zitat: »*Ich hatte mich in die Tinte gesetzt (...) Ich musste zurück, musste leben wie die anderen auch (...) Die Zeit der Kindheit war vorbei.*«

»Wenn man eine Uniform trägt«, diese uns heutigen Zivilisten nahezu unverständlich gewordene Wendung zieht sich immer wieder durch »Foresta Nera«. Fast jede Seele hier ist vom Krieg verwüstet, Friedemann Hahn legt das Tiefenschicht für Tiefenschicht frei. Und eines der großen Tabus des Film Noir schert ihn dabei keine Bohne. Das Militär war in den Filmen der Schwarzen Serie so gut wie *off limits*. Bei ihm wird es verhandelt, die wenig bekannte und in kriegsverbrecherische Säuberungsaktionen verwickelte Marineküstenpolizei inklusive, im Binnenland als Wasserschutzpolizei bekannt.

»Das ist es, warum du im Krieg gewesen bist« (»That's why you fought the war«), sagt jemand einmal in einer exotischen Bar zu dem Kriegsveteranen in SOMEWHERE IN THE NIGHT (1946). Solche Szenen gibt es auch in Friedemann Hahns »Bar du Tonkin« mit dem asiatischen Barkeeper. »*I have seen enough of flags*«, meint der Noir-Held in RIDE THE PINK HORSE (1947). Loyalitäten, Rache, Uniform, Schuld und Verrat dekliniert Friedemann Hahn bis an ihr bitteres, buchstäblich schwarzes Ende, bei dem dann nicht einmal mehr die Sonne einfach so weiter scheint, weil sie sonst ja keine Wahl hat.

Dashiell Hammett hat, auch wenn nicht als Kombattant, den Krieg erlebt, Raymond Chandler und James M. Cain hingegen hatten härteste Erlebnisse im Schützengraben, Charles Willeford ebenfalls als Panzersoldat. Niemals sprachen sie darüber. Stattdessen prägten sie die Hardboiled-Literatur. Friedemann Hahn mit seiner Riege von Kriegsveteranen reiht sich nun in ihre Linie, verneigt sich auch vor einem der großen Romane der Légion étrangère, nämlich Friedrich Glausers »*Gourrama: Ein Roman aus der Fremdenlegion*«, zwischen 1928 und 1930 entstanden, 1940 erstmals in Buchform veröffentlicht, und unbedingt zusammen mit Frank Göhres »*MO*« (2008) zu lesen. Glauser verbrachte zwei Jahre in der Legion, war am Rand der Sahara stationiert.

Sein letzter Brief an den Schweizer Schriftstellerverein schloss mit den Sätzen: »*Vielleicht sind wir am Ende – wir so genannten Künstler –, aber dennoch müssen wir unser Wort sagen, wenn es auch im Chaos, das die Welt wie Spinneweben überzieht, wie tote Fliegen zappeln mag. Aber was wollen Sie: Mit Kriminalromanen fangen wir an, um uns zu üben. Das Wichtige erscheint erst später.*«